KB042930

각성! 북경각

각성 2
북경각

초판 1쇄 인쇄일 2015년 5월 28일 | **초판 1쇄 발행일** 2015년 5월 29일

지은이 전남규 | **펴낸이** 곽중열 | **담당편집 팀장** 이범수
편집부 신연제 이윤아 김호성 김은경

펴낸곳 (주)조은세상 | **출판등록** 제 2002-23호
주소 경기도 연천군 미산면 청정로 1355
TEL 편집부 02)587-2966 | FAX 02)587-2922
e-mail bukdu@comics21c.co.kr

ⓒ전남규 2015
ISBN 979-11-5832-091-1 | ISBN 979-11-5832-089-8(set) | 값 8,000원

MODERN FANTASY STORY

전남규 현대판타지 장편소설

2

각성!
북경각

북두
(주)좋은세상

CONTENTS

MODERN FANTASY STORY

7장. 이놈들 손님 받아라!

MODERN FANTASY STORY

각성!
북경각

이윽고 경묵의 눈앞에 마법진이 생겨났다.

조준을 어찌해야 하는지 고민할 새도 없이 마법진 안에서 누군가가 활시위를 당긴 듯 빛으로 이루어진 것 같은 투사체가 발사되었다.

발사된 투사체가 빠르게 허공을 가르며 나아갔다.

경묵 자신도 처음 시전해보는 터라 적잖이 당황한 기색을 숨길 수 없었다.

쉬이이이이익–

공기의 저항을 전혀 받지 않는 듯 속도가 줄어들기는커녕 점점 가속하는 듯 보이던 투사체가 선두에 있던 고블린의 가슴팍에 꽂혔다.

푹-!

마나 화살에 적중당한 고블린의 몸이 갑작스러운, 그리고 큰 충격에 의해서 뒤로 튕겨져 나갔다. 그 과정에서 뒤에 따라오던 고블린들에게도 미약한 충격이 전해졌다.

바닥에 자빠진 고블린들은 더욱 열에 받친 듯 괴성을 질러대며 뛰어오기 시작했다.

"키야아아아악!"

'대단한데?'

경묵은 침을 한 번 삼키고는 손에 쥐고있는 완드를 더 꽉 쥐었다.

그 때, 사냥꾼 이지원이 도망치듯 일행들을 향해 달려오는 김성하와 김배균에게 검지를 들어보였다. 각별히 주의하라는 던전 수신호였다.

김성하와 김배균이 이지원의 수신호를 확인하고 발치를 보았을 때, 바닥에 설치된 함정 몇 개를 발견했다.

두 사람은 신속하게 이동하는 와중에도 이지원이 설치한 '마나 지뢰'를 밟지 않으려 발치에서 눈을 떼지 않았다.

이후 두 사람은 길목이 좁아지기 시작하는 부분에서 한쪽 벽에 꽂힌 '형광 색 단검'을 발견했다.

검 날에 코팅된 형광물질 때문에 형광 빛을 내는 이 단검은, 사냥꾼들이 자신의 함정이 설치된 위치를 동료에게 알릴 때 사용하는 [마킹 단검]이었다.

김성하와 김배균은 한쪽 벽 끝에서 반대편 끝까지 가슴
팍 높이로 설치되어있는 와이어를 발견하고는 슬라이딩
하듯 미끄러져서 줄을 건드리지 않고 대열에 합류했다.

김성하가 여유 가득한 목소리로 이마의 땀방울을 훔치
며 말했다.

"세이프."

김성하는 옷에 묻은 흙을 털어내며 팀원들에게 미소를
한 번 지어 보이고는 곧장 뒤돌아 섰다.

대열에 합류한 김성하와 김배균이 팀원들을 등지고 서자
마자, 선두에 있던 고블린 하나가 이지원의 트랩을 밟았다.

쿵-!

발을 떼기가 무섭게 이지원의 '마나 트랩'이 폭발하면
서 고블린의 한쪽 발목이 사라졌다.

비교적 지능이 낮은 편인 고블린들은 여전히 아랑곳하
지 않고 대책 없이 달려들고 있었다.

발목을 잘린 고블린이 갑작스러운 고통에 의해 몸 둘
바를 모르고 제 자리에 쓰러져 바닥을 기고 있자, 다른 녀
석이 발목이 잘려나간 제 동료를 집어 들고는 방패막이로
삼아 달려오기 시작했다.

경묵은 재빠르게 검투사 김배균에게 버프를 시전 했다.

'근력강화, 증폭(공격)'

그리고는 김성하에게 다가가 근력강화 버프를 시전했다.

'근력강화!'

경묵의 손에서 일어난 빛이 두 사람을 감쌌다가 몸 안으로 스며들어갔다.

두 사람은 몸에 찾아온 변화가 의아한 듯 자신의 손바닥을 들여다보다가 다시금 전투 자세를 갖추었다.

김배균이 자신의 양손 검을 고쳐 잡으며 속삭이듯 말했다.

"제법 좋은 느낌인데?"

그 때, 가장 선두에 있던 고블린이 길목이 좁아지는 부분에 이지원이 설치해 둔 '와이어 트랩'을 건드렸다. 성인 남성의 가슴팍에 닿는 높이였지만, 인간에 비해 비교적 키가 작은 고블린들의 이마 높이에 설치한 셈이었다.

칙— 치칙— 칙—

일순 팽팽하게 펼쳐진 와이어에서 작은 스파크가 일었다. 와이어와 닿은 고블린의 이마에 그을음이 생기더니 조금씩 연기가 일었고, 와이어에 닿은 고블린들은 움직임을 제한당한 듯 몸부림을 치기 시작했다. 연달아 다른 고블린들도 하나 둘 와이어에 맞닿았다.

김성하와 김배균이 건드리지 않으려 슬라이딩 하듯 지나쳐 온 '와이어 트랩'은 설치시간이 짧지 않고, 그 과정이 복잡한 반면에 가장 큰 데미지를 줄 수 있는 함정스킬이었다.

화아아악-

대 여섯 마리가 와이어와 접촉하여 움직임을 제한 당했을 때, 와이어의 양 끝부분에서 거센 불길이 일었다. 양 끝부분에서 일어난 거센 불길이 중앙 지점에서 맞닿았다.

쾅-! 콰과과쾅!

첫 번째 폭음을 뒤로 연달아 폭음이 울렸다. 폭음과 함께 와이어와 접촉한 고블린들의 머리통에서 순차적으로 폭발이 일어났다. 그 여파로 인하여 뒤 따르던 고블린들에게도 적지 않은 피해가 있었다.

이지원은 화살 통에서 화살 하나를 꺼내며 한쪽 입 꼬리를 말아 올린 채 떨리는 목소리로 말했다.

"나이스!"

놀라운 것은 고블린들의 생명력과 잔혹함이었다.

그들은 가슴팍에 구멍이 났음에도 불구하고 몇 번의 공격에 더 당한 뒤에야 바닥에 쓰러졌다. 또한, 살아남은 고블린들 중에서 우두머리 급으로 보이는 몇몇은 싸늘한 주검이 되어버린 동료를 방패로 삼아서 다가오고 있었다.

사냥꾼 이지원, 창잡이 이우, 경묵까지 포함한다면 원거리 딜러가 3명인 셈이었다.

이미 반 정도의 고블린들이 접근하기도 전에 몸 여기저기에 구멍이 뚫린 채 살아남은 고블린들의 손에 들려 방패막이 노릇을 하고 있었다.

살아남은 고블린 몇 마리가 넝마가 되어 간신히 앞 대열에 접근했지만 대열의 앞으로 치고나간 김성하와 김배균의 상대가 되지 못했다.

방패잡이 김성하는 자신의 몸집만한 방패를 든 채로 다채로운 움직임을 선보였다. 무작정 달려들어 부딪혀 적을 쓰러트리기도 하고, 방패의 모서리로 적의 급소를 가격하기도 했다. 검투사 김배균을 향해 달려드는 고블린이 나타나면 괴성을 질렀고, 그 괴성을 들은 고블린들은 홀린 듯 김성하를 향해 달려들었다. 그런 김성하 덕분에 김배균은 자유로운 공격을 쏟아 부을 수 있었다.

김배균이 휘두른 검의 경로를 따라 잔상이 남았고, 고블린들은 마치 날이 잘 선 칼로 양파를 썰 듯 잘려나갔다.

슉—

김배균이 한 번 검을 휘두를 때 마다 고블린들의 초록 혈액이 허공으로 잔뜩 치솟았다.

그 사이 이지원의 화살과 '창잡이' 이우가 던진 창이 수차례 고블린들의 가슴팍을 꿰뚫었다.

이우의 창은 손을 떠나 고블린의 몸을 꿰뚫은 뒤에 다시금 이우의 손으로 순간이동을 하듯 순식간에 돌아왔다. 창잡이의 고유 스킬인 [투창 회수] 였다.

초급 1팀은 몇 번 합을 맞춰본 팀이라고 해도 손색이 없을 만큼 완벽한 전투 상황을 연출해내고 있었다.

최유훈은 이들의 모습을 인공 던전 입구 옆에 마련된 상황실에서 CCTV를 통해 지켜보고 있었다.

　기존의 던전이라면 내부의 강한 자기장 때문에 전자장비가 먹통이 되어버리지만, 인공 던전은 아니었다.

　'이야, 얘네 봐라? 초급1팀이 아니라 중급1팀이라고 해도 믿겠는데?'

　아직 자질이나 잠재성을 파악하기엔 너무 이른 시점이긴 했지만, 방패잡이 김성하와 사냥꾼 이지원이 유난히 독보적으로 레이드를 이끌고 있었다. 물론 다른 팀원들의 전투 감각 자체가 비슷한 등급의 각성자들보다 가히 압도적인 수준이었다.

　최유훈은 숨죽인 채 모니터를 응시하며 다음 장면을 기다리고 있었다. 순식간에 스무 마리는 족히 넘는 고블린들이 바닥에 쓰러졌다.

　마지막으로 남은 고블린이 간신히 선 채 다리를 후들거리며 입 안에 머금고 있던 피를 뿜었다. 바로 다음순간, 엄청난 속도로 날아들어 복부에 꽂힌 [마나 화살]에 의해 그 자리에 곧장 고꾸라져서는 한참동안 경련하다가 숨을 멈추었다.

　푹—

　이우는 자신의 창을 바닥에 꽂으며 밝은 목소리로 말했다.

15

"마무리."

이지원은 자신의 화살을 회수하기 시작했고, 김성하는 바닥에 주저앉아 손등으로 연신 땀을 훔쳐댔다.

검투사 김배균은 고블린들의 시체를 일일이 발로 툭툭 건드리며 숨이 끊어지지 않은 녀석이 없는지 점검했다. 아무리 약한 괴수더라도 뒤에서 기습을 한다면 중상의 여지가 있었다. 수차례의 레이드 경험이 그에게 만들어준 습관이었다.

전투는 끝이 났지만, 경묵은 아직까지도 심장이 두근거렸다. [마나화살]이 고블린의 가슴을 꿰뚫는 촉감이 계속해서 떠오르고 있었다.

지속 스킬인 평정심의 효과로 인해서인지, 두려움 비스무리한 느낌은 하나도 들지 않았다.

다만 이상하리만큼 가슴이 두근대고 피가 끓어오르는 것 같은 느낌.

경묵은 눈을 감은 다음 자신을 진정시키듯 쉼 호흡을 한 번 해보였다.

현재 경묵에게 있어서 유일하게 아쉬운 점이 한 가지 있다면, 고블린 시체는 세상이 두 쪽 나서 먹을 것이 아무것도 없다고 한다한들 차마 제정신으로는 입에 댈 수 있을 것 같지 않았다.

경묵은 아쉬운 마음에 김배균을 따라 고블린 시체를 발

로 툭툭 건드리며 돌아다녔다.

김성하는 팀원들에게 휴식을 지시했다. 제법 오랜시간 휴식을 취한 팀원들이 김성하를 선두로 하나둘씩 자리에서 일어나 기지개를 펴기 시작했다.

휴식을 마친 초급 1팀이 이동을 재개하려던 찰나, 바로 눈 앞 길목에 셔터가 서서히 내려와 길목을 차단하기 시작했다.

갈림길이 없는 만큼 유일한 진행통로가 막혀버린 것이다.

영문을 모르는 팀원들이 제자리에 섰을 때, 인공던전 안에 설치된 스피커에서 최유훈의 음성이 울려퍼졌다.

"초급1팀 그대로 복귀한다."

아직 인공 던전의 끝자락 까지 가기 위해서는 한참을 더 가야했다. 더군다나 보스 몬스터를 클리어 하기도 전에 내려온 복귀지시.

이지원은 어이가 없다는 듯 볼멘소리로 말했다.

"아니, 뭐하자는 거야? 이제 시작인데. 우리가 수준 미달이라는 거야 뭐야?"

김성하는 고개를 끄덕이고는 이지원을 바라보며 말했다.

"아마 그 반대일 겁니다."

"그럼?"

17

이지원의 물음에 김성하가 무덤덤한 표정으로 자신의 거대한 방패를 다시 인벤토리 안에 넣으며 대답했다.

"아마, 너무도 수준 이상이기 때문에 내린 복귀 명령일 겁니다."

쿵–

셔터가 내려와 앞으로 나아갈 수 있는 통로가 완전히 차단되었다. 그리고 다시 한 번 인공 던전 안에 최유훈의 목소리가 울려 퍼졌다.

"다시 전한다. 초급1팀은 그대로 복귀한다. 초급1팀은 복귀 후, 심화 전술 훈련에 돌입한다."

이우는 어깨를 한 번 들썩여 보이고는 가벼운 목소리로 말했다.

"좋은 게 좋은 거지 뭐. 특수 등급 각성자가 시켜주는 심화 전술 훈련이라……. 기대되는데?"

이우가 경묵에게 다가서서는 경묵의 어깨에 팔을 두르고는 천연덕스러운 목소리로 물었다.

"이봐, 던전 첫 경험은 어땠어?"

초급1팀은 다시금 김성하를 선두로 하여 온 길을 되돌아 걷기 시작했다.

물론 경묵의 옆에 바짝 달라붙은 이우는 복귀 하는 내내 말을 멈추지 않았다.

최유훈은 상황실 의자에 다리를 꼬고 앉은 채로 초급1팀을 관찰하고 있었다. 그의 미간의 주름이 짙어지고, 입가에는 미소가 떠올랐다. 큼지막한 손으로 자신의 턱을 한 번 쓸어내린 최유훈은 의자를 박차고 일어섰다. 그리고는 콧노래를 부르며 상황실 밖으로 걸어 나가기 시작했다.

　'어디 한 번 제대로 키워볼까?'

　초급1팀은 한 번 지나온 길을 되돌아 걷기 시작했다. 물론 돌아가는데 걸리는 시간은 처음 들어설 때보다 훨씬 단축되었다. 그도 그럴 것이 처음에야 소리를 내지 않으려 잔뜩 긴장한 채 주변을 살피며 한걸음씩 내딛었다지만, 이미 지나온 길목에 있던 고블린들을 다 처리하는데 성공한 지금은 아니었다.

　왜 그렇게 조심스레 행동해야하는지 하는 의문이 들 수도 있겠지만, 기본적으로 던전 안에서 큰 소리를 내는 것은 상식 밖의 행동이다.

　대부분의 몬스터들이 인간에 비해 우월한 신체 조건을 갖추고 있었고, 대부분이 소리에 민감히 반응하는 탓이었다.

비교적 편안한 마음으로 복귀를 시작한 초급1팀은 채 10분도 되지 않아서 처음 인공던전에 들어섰던 출입문에 도착했다.

선두에 서있던 김성하가 출입문을 열자 형광등 빛이 문틈을 비집고 나와 발치에 닿았다.

문에서 멀지 않은 곳에서 최유훈이 팔짱을 낀 채로 기다리고 있었다.

최유훈은 특유의 호쾌한 목소리로 크게 말했다.

"제법 괜찮게들 싸우던데? 솔직히 많이 놀랐어."

지시가 있었던 것은 아니지만 5명은 자연스럽게 문 앞에 일렬로 섰다.

최유훈은 뒷짐을 진 채로 일렬로 선 그들의 앞을 연신 왔다갔다 하다가 입을 뗐다.

"조금 전에 방송을 통해 말했던 대로, 초급1팀은 심화 전술 훈련에 돌입할 것이다. 중급 던전들의 지형 및 특이사항들을 이용해서 작전을 짜는 능력의 기반이 될 훈련이다."

김성하가 의아하다는 듯 손을 들고 정중히 물었다.

"그런데, 어째서 중급던전을 위한 작전들을 배운다는 것입니까?"

모두가 숨까지 죽인 채로 최유훈의 다음 말을 기다리고 있었다.

경묵 역시 은근히 긴장감이 조성되는 분위기 탓에 괜스레 다른 팀원들을 따라 숨죽인 채 최유훈을 바라보고 있었다.

최유훈은 그런 초급1팀을 한 번 쭉 훑어보고는 말했다.

"초급1팀은 심화 전술 훈련을 거친 후에 곧장 중급던전 공략에 들어가겠다."

최유훈의 말을 들은 팀원들의 표정이 크게 굳었다. 물론 방금 초급1팀이 우세한 모습을 보이긴 했다. 허나 방금 그곳은 초급던전도 아니고, 그냥 인공던전이었을 뿐이었다. 김배균이 손을 들고는 약간 짜증 섞인 목소리로 말했다.

"이해할 수 없습니다."

"무엇이 말인가?"

"팀원 중에는 아직 중급 던전에 갈 만큼의 경험은 쌓지 못한 사람도 있을 텐데요?"

경묵을 겨냥한 말이었다. 아무리 악감정은 없다지만 목숨이 걸린 일이기 때문에 민감해지지 않을 수 없었다.

경묵은 괜스레 미안한 기분이 들어 멋쩍은 웃음을 짓고 있었다.

최유훈은 김배균을 바라보며 어깨를 한 번 들썩여 보이고, 코웃음을 치듯 말했다.

"오해하는 것 같은데, 강요가 아니야. 빠지고 싶다면 빠져도 좋아."

침묵이 맴돌던 와중에, 이우가 특유의 가벼운 목소리로 크게 외쳤다.

"저희는 하겠습니다!"

이우가 경묵의 한 쪽 손목을 꽉 쥔채로 높이 들어 올리고는 한 걸음 앞으로 내딛었다.

경묵이 크게 당황한 듯 허둥거리며 이우에게 속삭이듯 물었다.

'뭐하시는 거예요?'

이우도 콧수염을 씰룩거리며 경묵의 귓가에 대고 속삭이듯 답했다.

'경묵씨, 이건 기회야 기회! 잠자코 있어보라고.'

그 때, 잠시 동안 고민하던 김성하도 자신의 참가 의사를 밝혔다.

"참여하겠습니다."

위험부담이 따르는 것은 명백한 사실이지만, '특수 등급 각성자'에게 무언가를 배운다는 것은 정말이지 엄청난 기회였다. 돈이 아무리 많다고 하더라도 그들의 시간을 사기에는 역부족인 것이 사실이다.

대부분이 돈에 의해 움직이면서 돈에 의해서는 움직이지 않는 자들이다.

사실 김성하로서는 딱히 아쉬울 점이랄 게 없었다. 어차피 자신은 근 시일 내에 중급 각성자가 될 것이고, 그 후 중급 던전 공략도 당연히 염두에 두고 있었다.

김성하는 다른 팀원들이 아무리 초급 각성자에, LV이 던전 입장 기준에 못 미친다지만, 특수 등급 각성자의 지도를 받는다면 크게 달라질 것이라 생각했다.

그런 점을 미루어 짐작해 보건데, 다른 오합지졸들 보다, 한 번이지만 합을 맞추며 실력을 확인해본 창잡이와 버퍼를 따라가는 것이 나을 것 같다는 생각이 들었다.

그리고 이번 기회에 버퍼와 확실히 관계를 형성해 두는 것이 후에 가장 크게 도움이 되리라 예상했다.

"좋다. 나머지 둘은? 생각할 시간이 필요한가?"

"저도 참가 하도록 하겠습니다."

이지원이 고개를 한 번 저어보이고는 참여 의사를 밝혔다.

김배균도 한 손으로 이마를 어루만지며 한참을 고민하다가 말했다.

"참여하겠습니다."

"좋아, 그럼 전원 참여 의사가 있는 셈이로군."

최유훈은 흡족한 듯 미소를 지어보이며 자신의 양쪽 소매를 걷어 올리고는 특유의 호쾌한 목소리로 훈련의 시작을 알렸다. 최유훈은 초급1팀 던전 공략 예정일을 변경할 생각은 없었다.

초급 던전 공략일이던 토요일, 결국 초급1팀은 불과 이틀 후에 바로 중급 던전으로 향하게 되는 것이었다.

초급1팀이 공략하게 될 중급 던전은 관악산 인근에 위치해 있었다.

최유훈은 팀원들에게 던전의 구조가 간단히 묘사되어 있는 지도를 한 장씩 나눠주고는, 이들이 이용할 수 있는 지형지물에 대한 설명을 했다.

"나는 너희가 좁아지는 길목을 이용하는 모습을 인상 깊게 봤다. 마찬가지로 이용할 수 있는 지형지물은 많아. 급격하게 휘어지는 길목에서 사각지대를 이용해 공격을 할 수도 있고, 언덕 지형을 이용해 우위를 점하고 전투를 이끌어 나갈 수도 있지. 매복이 가능한 지형이 있고, 급습에 적합한 지형이 있으니 모든 지형을 어떻게 이용하느냐에 따라 전투의 성과가 크게 달라질 거야."

이후 팀원들은 한 데에 모여서 지도를 함께 보며 어느 곳에서 어떤 작전을 이용하여 적을 격파하는 것이 좋을지에 대한 논의를 하고 있었고, 최유훈은 흥미롭다는 듯 옆에 서서 지켜보고 있었다.

그 다음은 괴수에 대한 설명이었다.

"지피지기면 백전백승이라는 말은 들어보았지? 지금 우리가 공략 예정인 중급 던전은 오크들의 서식지다."

오크라는 말을 들은 경묵이 인상을 찡그렸다. 학창시절 못난 여학생을 손가락으로 가리키며 오크를 닮았다고 놀려본 경험이 있어서였다. 물론 오크를 실제로 본 적은 한 번도 없었다. 경묵은 불안한 기분을 어쩌지 못한 채 손을 들어보이고는 물었다.

"오크도 먹을 수 있습니까?"

"뭐, 먹으려면 먹을 수야 있겠지만 먹고 싶은 마음이 들지는 않더군. 다만 오크들이 사육하는 가축은 직접 먹어 보았는데 굉장히 맛이 좋았던 것으로 기억한다."

그제야 경묵의 표정이 밝아졌다.

"오크의 서식지인 만큼, 주로 출몰하는 몬스터는 오크들이 가축삼아 키우는 이계들소, 오크전사 그리고 오크궁수, 그들의 대장격인 '오크로드'다. 오크로드는 자아가 있는 몬스터이니 각별히 주의해야 한다."

몬스터의 등급은 자아가 있느냐 없느냐로 나뉜다.

대게 자아가 있는 몬스터들은 인간들의 말을 할 줄 알고, 강한 힘을 지니고 있다.

모든 상급몬스터들이 자아를 지니고 있으며, 개중의 몇 중급 몬스터들도 가끔 자아를 지니고 있는 경우가 있다.

오크라는 종족이 특별히 약점을 지니고 있거나 하지는 않았기 때문에 전투방식에 대한 설명보다는 그들 집단의 특징에 대해서 설명을 해 주었다.

오크는 지능이 그리 높지는 않은 탓에 진이나 대열을 갖추고 전투를 하지는 않지만, 공격성이 두드러지고 신체적 능력이 인간에 비해 우월하기 때문에 고블린들 보다는

25

훨씬 빠르게 접근 할 여지가 있다는 사실을 일러두었다. 또한, 최유훈은 일정 거리에 들어온 오크궁수들은 더 이상 접근하지 않고 앞 열의 두 사람. 즉 방패잡이와 검투사를 노릴 것이라고 확신하듯 말했다.

"그러니까 원거리 딜러들은 다가오는 적들보다는 뒤쪽에 포진해있는 궁수들을 먼저 맞춰 숨을 끊는 게 더 나은 상황으로 이끌 수 있는 열쇠가 될 거다."

김성하가 손을 들고 물었다.

"오크로드와 맞설 때, 특별한 공략법은 없습니까?"

"마찬가지다. 방패잡이와 검투사가 앞에서 맞서고 나머지가 뒤쪽 대열에서 공격하는 것 외에 특별한 공략법은 없어. 다만, 오크로드 주변에 다른 오크들이 남아있다면 남아있는 오크들의 숨을 먼저 끊어내는 것이 올바른 수순이겠지."

그 이유는 오크들의 충성심 때문이었다.

언제 죽더라도 이상하지 않을 정도의 피해를 입은 오크들도 가끔 극심한 분노 덕분에 자신의 죽음을 조금 뒤로 미루고는 했다.

김성하는 최유훈이 말해주는 사항들을 꼼꼼히 받아 적고 있었다.

김성하의 펜이 움직임을 멈추자 최유훈은 자신의 양 손바닥을 세게 맞대어 소리를 내었다.

짝-

"자, 이제 더 이상의 이론은 필요하지 않다. 생존을 위한 이론과 상식은 이정도면 충분하다."

그 후, 초급1팀은 추가적인 기초 체력훈련을 받은 후에 해산하였다.

이틀의 시간이 남아있었고, 초급1팀의 훈련시간은 저녁6시부터 아침6시까지로 정해졌다.

경묵은 아트리온 길드 건물에서 나오자마자 핸드폰의 전원을 켰다. 정혁과 서은에게 온 연락이 있기는 했지만, 모두 시시콜콜한 내용이었다. 위에서부터 조금씩 읽어내려 가면 읽어내려 갈수록 입가에 웃음이 지어졌다.

경묵은 서은과 정혁에게 연락을 해서 현재상황을 말해주고 싶은 마음이 들었지만 그런 마음을 꾹 억누르고는 전송 버튼을 누른 후 다시 핸드폰을 주머니에 넣었다.

약속한 날짜에 짠하고 나타나 변화한 모습을 보여주고 싶었다.

집에 도착한 경묵은 거실에서 주무시고 계신할머니를 지나쳐 자신의 방으로 들어왔다.

푸드트럭이 완성 되고나면 할머니께 꼭 가장 먼저 보여드리고 싶었다.

결과야 어떨지 모르지만 열의를 보여드리고 싶다는 생각이 자꾸만 들어서였다.

여러 생각들이 교차하는 탓에 자꾸만 뒤척이게 되었다.

'아까 지력과 지혜 능력치의 효과에 대해서 물어봤어야 했는데……'

이런저런 의문들이 많이 해소가 되긴 했지만, 정신이 없던 탓에 정작 물어보려고 염두에 두고 있던 질문은 입 밖으로 꺼내지도 못했다.

'대체 어떤 효과를 가지고 있는 거지? 아이템에도 붙어 있는 것을 보면 절대로 필요가치가 없는 능력치는 아닐 텐데 말이야……'

그런 호기심 말고도 여러 가지 생각이 머릿속을 자꾸만 맴돌았다. 중급 던전에 레이드에 대한 두려움이 들거나 하지는 않았는데, 아마 이번에도 평정심 스킬이 크게 한 몫을 해주고 있는 듯 보였다. 상쇄이 될 수도 있겠지만, 언제한번 이 스킬 때문에 크게 다칠지도 모르겠다는 불안한 기분이 들었다.

"후……"

사실 조금 걱정스럽기는 했다. 스스로가 다치게 되는 것이나 오크들이 무섭거나 한 것은 절대로 아니었다. 다만, 자신이 짐이 되거나 폐를 끼치지는 않을까 싶은 마음에 드는 걱정이었다.

우선 당장 할 수 있는 것이라곤, 길드에서 행해지는 훈련에 열심히 임하는 것 말고는 아무것도 없었다.

경묵은 눈을 지그시 감고는 자신의 마나화살이 고블린의 가슴팍을 꿰뚫던 순간을 떠올렸다. 괜스레 가슴이 두근거리는 것이 나쁜 기분은 아니었다.

오크들이 사육하던 '이계들소'의 맛에 대한 호기심도 제법 컸다.

'소는 어떻게 손질해서 어떻게 조리해야 맛있으려나?'

그렇게 이런 저런 생각들로 뒤척이던 경묵은 한참이 지나고 나서야 깊은 잠에 빠졌다.

❀

그날 이진우가 못마땅한 듯 잔뜩 표정을 구긴 채 길드 1층에 위치한 주점 안으로 들어섰다. 해가 뜨고 나서야 퇴근을 마치게 된 것도 억울한데, 집에 가고 있던 중에 최유훈의 전화를 받고 차를 돌려야 했던 탓이었다.

"참, 진짜…… 퇴근 후에 상사와 단둘이 술자리를 갖는 것도 직장생활의 연장이라면 조만간 사표 내야겠습니다."

"무슨 말을 그렇게 섭섭하게 하냐? 형이 신경 써서 이것저것 챙겨놨더니."

"아니 그래도 그렇죠. 시간을 보세요, 선배님. 아침 7시 잖아요."

29

이진우는 앞에 놓인 술잔을 거머쥐며 억울하다는 듯 말하자 최유훈은 능청스러운 표정을 지어대며 이진우의 술잔 가득 술을 따라냈다. 술자리가 무르익자 최유훈은 초급1팀에 관한 이야기들을 꺼내기 시작했다.

"야, 진우야 진짜 간만에 열정이 샘솟게 하는 녀석들이라니까?"

"그 정도예요?"

"그래, 상황실 가면 녹화된 분량이 있으니까 시간나면 한 번 내려와. 보여줄 테니까."

"선배가 그렇게까지 말하면 한 번 내려가서 보긴 해야겠네."

최유훈은 소주잔을 꽉 쥐고는 미소를 흘리며 말했다.

"요즘 성발 재미있어. 오랜만이네 이런 기분."

"보기 좋네요."

쨍―

다시 한 번 이진우와 최유훈의 소주잔이 허공에서 맞닿았다.

❀

오후 4시가 되어서야 잠에서 깬 경묵은 트레이닝복 차림으로 집을 나섰다.

김성하가 수첩에 최유훈이 해주던 이야기를 받아 적던 것을 본 경묵은 문구점에 들러 작은 수첩과 볼펜 하나를 구입했다. 그리고는 가벼운 걸음으로 버스정류소를 향해 걷기 시작했다.

버스에 오른 경묵은 버스 창가 쪽 자리에 앉았다.

날이 제법 풀린 탓에 사람들의 옷차림이 한층 더 가벼워졌다.

그러고 보면 한 계절이 지나가기도 전에 너무도 큰 변화를 맞이한 것 같은 기분 탓에 괜한 이질감이 들곤 했다.

경묵은 집결시간 보다 한 시간은 이르게 길드 건물 앞에 도착할 수 있었다.

자연스럽게 엘리베이터를 기다리고 3층 버튼을 눌렀다.

본래 최유훈이 사무실로 사용하던 방의 문 앞에는 다른 사람의 이름이 걸려있었다.

경묵은 이진우의 사무실로 향했다.

문을 몇 번 두드려도 아무런 반응이 없자, 경묵은 조심스레 문을 열어 보았다.

이진우는 자신의 탁상 위에 양 발을 올려둔 채, 평온한 표정으로 낮잠을 자고 있었다. 탁상 위에 이미 비워진 숙취해소 음료가 놓여있는 것을 발견한 경묵은 전날 과음을 했을거라 짐작했다.

"음......."

경묵은 어찌할 바를 모르다가 아직 시간이 한참 남았으니, 쇼파에 앉아 기다려보기로 했다.

쇼파에 기대어 한참동안 핸드폰을 만지작거리다가 이내 한숨을 내쉬고는 자리에서 일어났다. 도저히 이진우가 잠에서 깰 것 같은 기미가 보이지 않았기 때문이다. 집결 이전에 이것저것 물어볼 요량으로 찾아왔지만, 오늘은 그른 것 같았다.

경묵이 자리에서 일어서려던 찰나 누군가가 문을 세게 열고 안으로 들어섰다.

"대낮부터 자빠져 자냐?"

특유의 호쾌한 목소리와 거침없는 품행, 쿵쿵 울리는 발소리, 얼굴을 보기 전에도 누구인지 알아차릴 수 있었다. 최유훈이었다.

"안녕하십니까?"

"어, 여긴 무슨 일이야?"

최유훈이 자연스레 커피포트 버튼을 누르며 의아하다는 듯 경묵에게 되묻자 경묵이 멋쩍은 듯 뒷통수를 긁으며 답했다.

"그냥, 궁금한 사항이 하나 있어서요."

"열정적인 학생이로군. 궁금한 게 있어서 이렇게 일찍 등교하다니."

최유훈은 콧노래를 흥얼거리며 커피믹스 봉지를 잡아 뜯으며 경묵에게 물었다.

"커피 한 잔 할래?"

"아닙니다, 괜찮습니다."

최유훈은 고개를 끄덕여 보이고는 자신의 커피잔에 커피 믹스 내용물을 쏟아 부었다. 선반에는 항상 인스턴트 커피라지만 제법 값비싼 커피믹스들이 있었는데, 최유훈은 가장 저가의 커피를 즐겨마셨다.

"나는 이게 입에 맞더라고, 혹시 여기에 좋아하는 거 있으면 골라서 직접 타 마시도록 해."

"네, 알겠습니다."

최유훈이 경묵을 바라보며 물었다.

"그래, 궁금한 게 뭔데? 내가 해결해 줄 수 있는 호기심인가?"

"별건 아니고, 능력치에 관해서 질문을 드리고 싶은 게 조금 있어서요."

"능력치?"

경묵이 고개를 끄덕이자 최유훈이 다시 한 번 물었다.

"능력치가 왜?"

"다름이 아니라 '지혜'와 '지력' 능력치의 용도를 모르겠어서요."

최유훈은 고개를 끄덕이며 자신의 머그컵에 끓는 물을

따라내었다. 그리고는 뜨거운 물을 머금은 머그컵을 커피 믹스 봉지로 몇 번 휘휘 저어대고는 봉지를 쓰레기통에 구겨 넣었다.

"그거 참 좋은 질문이군."

최유훈은 성큼 성큼 쇼파를 향해 걸어와서는 경묵의 맞은 편 자리에 앉았다. 커피를 한 모금 들이키고는 머그컵을 협탁 위에 올려두었다.

탁-

유리와 유리가 맞닿는 청량한 소리가 고요한 사무실 안에 울려퍼졌다. 뒤쪽 탁상에 곤히 잠든 이진우의 숨소리가 한층 더 짙게 들려왔다. 그럼에도 불구하고 최유훈은 오히려 한층 더 호쾌한 목소리로 말을 이어나갔다.

"대부분이 능력치 배분을 한 번 정도는 마친 후에 갖는 호기심인데, 자네가 어느 정도 눈썰미는 있는 모양이야."

최유훈은 만족스럽다는 듯 웃음을 지어보이며 말했다.

"자네가 습득한 대부분의 스킬들이 마력을 기반으로 하고 있고 마력에 따라 효과가 상승하니 의아할 수 있지만, 모든 스킬들이 마력만을 기반으로 하지는 않아."

경묵의 눈썹이 한 번 꿈틀했다.

"그럼……?

최유훈은 다시 머그컵에 담긴 커피를 한 모금 들이켰다. 그리고는 입 안을 맴돌던 커피를 천천히 삼켜낸 후에야 다시 말을이었다.

"말 그대로일세. 지력과 지혜를 기반으로 위력이 상승되고 저하되는 스킬들도 있다는 말이지."

최유훈은 경묵이 납득이 간다는 듯 고개를 끄덕이자 다시 말을 이어나갔다.

"그리고, 스킬을 습득하는데 있어서 조건이 되는 경우도 있지."

"조건이요?"

"그래, 스킬의 습득 조건이 '지력과 지혜 능력치가 일정 이상이여야 한다.' 는 경우가 있다는 거지."

경묵은 고개를 끄덕이는 와중에도 못마땅하다는 듯 보이는 표정을 감출 수 없었다.

"그럼 마법계열 각성자들이 물리계열 각성자들 보다 불리한 것 아니겠습니까?"

"왜 그렇게 생각하지?"

최유훈이 의아하다는 듯 되물었다.

"근력이나 민첩 같은 경우에는 능력치에 변동이 생기는 즉시 신체적으로 변화가 나타나지 않습니까?"

최유훈은 고개를 한 번 저어보이고는 말했다.

"지력과 지혜도 마찬가지야. 능력치의 변동에 따라서 변화가 나타나지. 다만 근력이나 민첩 같은 능력치처럼 눈에 띄게 큰 변화를 느낄 수는 없을 뿐이지. 아무래도 내가 조금 더 똑똑해진 것 같다는 느낌을 받기는 힘들지 않겠어?"

최유훈은 잠시 말을 멈추고 번뜩이는 경묵의 눈을 바라보며 말을 이어나갔다.

"그리고, '지혜'와 '지력' 능력치를 제대로 활용할 수 있게 해주는 스킬이 존재하지. 혹시 알고 있나?"

경묵이 대답대신 고개를 저어보이자 최유훈이 이가 다보이게끔 한 번 씨익 웃어보이고는 말을 이어갔다.

"그래, 습득 경로가 알려져 있지 않은 스킬이야."

"히든스킬이라는 말씀이시군요."

"그래, 히든스킬에 관해서는 들어본 적이 있는 모양이군."

경묵이 고개를 끄덕이고는 밝은 목소리로 말했다.

"네, 정보공유게시판에서 몇 번 본적이 있거든요.

최유훈은 고개를 끄덕이고는 머그잔에 담긴 커피를 모두 입 안에 털어넣었다.

대화에 제법 흥미가 있었는지, 입 안에 잔뜩 머금은 커피를 급하게 삼켜내고 말을 이어갔다.

"말 그대로 습득 경로가 숨겨져 있는 스킬이지. 놀라운 사실은 설령 같은 스킬이더라도 각성자 개개인에 따라서 습득 경로에 차이를 보인다는 점이야. 그러니 큰 도움은 줄 수 없겠지만, 이런 스킬도 있다는 사실을 알아두라는 뜻에서 말해주는 걸세."

최유훈이 습득한 스킬은 지혜와 지력 능력치에 비례해서 마력을 상승시켜주는 지속스킬이었다.

시계를 한 번 내려다본 최유훈이 경묵에게 이제 집결지에서 대기할 것을 권유했다.

어느덧 집결시간이 코 앞이었다.

"아, 그런데 궁금한 사항이 한 가지 더 있습니다."

"그래 말해보게."

"다름이 아니라, MP의 양이 상당히 부족하게 느껴지더군요."

최유훈은 고개를 끄덕이며 한 손으로 자신의 턱을 한 번 쓸어 내렸다.

"그래, 그럴 수밖에 없을 거야. 당장 해결책은 각성자 LV을 올려서 MP를 높이는 수밖에 없네. 대부분의 상위 등급 각성자들도 부족한 MP 때문에 고민하는 경우가 태반이니까 크게 걱정할 필요는 없어. 대부분이 고가의 아이템을 이용해서 보정하는 실정이거든. 나도 마찬가지고 말이야."

최유훈은 먼저 자리에서 일어서며 말을 덧붙였다.

"저번에 인공던전에서 했던 것처럼 능동적으로 버프스킬을 사용한다면, 충분하지 않겠나? 상황을 분석하는 능력이 굉장하더군."

"높게 평가해주셔서 감사합니다."

경묵은 대답과 동시에 웃음을 한 번 지어보이고는 고개를 끄덕이며 쇼파에서 몸을 일으켰다.

"괜히 하는 소리가 아니야. 자네를 포함한 초급1팀 전원에게 해당되는 사항이지만 개개인의 전투능력이야 평범한 편이지만, 상황을 분석하는 능력이 아주 뛰어나. 비슷한 LV의 각성자들과 비교했을 때 가히 압도적인 수준이라고 할 수 있을 정도네."

최유훈은 한 번 멋쩍은 웃음을 지어보이고는 의미심장한 말을 덧붙였다.

"물론 아직 더 지켜봐야하는 구성원도 있긴 하지만 말이야. 적어도 팀원중 평균에 못미치는 능력을 발휘하고 있는 사람은 없다는 게 놀라운 일이시."

어떤 이유에서였는지는 잘 모르겠지만, 순간적으로 창잡이 이우의 얼굴이 떠올랐다.

"그럼, 먼저 내려가 있도록 하겠습니다."

"그래."

경묵이 먼저 사무실 밖으로 나왔다.

최유훈은 세상모르고 곤히 잠든 이진우의 곁으로 다가서서는 목을 한 번 가다듬었다.

"흠… 큼… 큼…."

그리고는 이진우의 귓가에 자신의 입을 바짝 갖다 붙이

x

고는 큰 소리로 외쳤다.

"불이야!"

갑작스레 들려온 큰 소리에 당황한 이진우가 허둥대며 자리에서 일어나려다 의자가 뒤로 넘어갔다.

최유훈은 좌우를 두리번거리며 상황을 파악하려 애쓰는 이진우의 머리를 쓰다듬으며 말했다.

"이렇게 쪽잠 자는 후배녀석 보고 있자니 가슴이 쓰라리구나. 일이 아무리 좋아도 조금 쉬엄쉬엄 하는 게 건강에 좋지 않겠어?"

"아…… 정말…… 선배……."

최유훈은 바닥에 자빠진 채 벙찐 표정으로 올려다보는 이진우를 뒤로한 채, 키득거리며 도망치듯 사무실 밖으로 빠져나왔다.

순식간에 사무실 안에 홀로 남은 이진우는 앉은 자리에서 일어나 피식피식 웃어대더니 옷에 묻은 먼지를 한 번 털어냈다.

최유훈의 밝은 모습을 보고 있자니 괜스레 기분이 좋아졌다.

경묵이 아트리온 길드에 모습을 드러낸 이후로 최유훈에게 정말 큰 변화가 나타났다.

"보기에 좋아지셔서 참 다행이네."

이진우는 자신의 탁상 위에 놓인 컴퓨터 모니터의 전원

버튼을 한 번 꾹 누르고는 기지개를 폈다. 콧노래를 부르며 자신의 의자에 앉은 이진우는 다시금 키보드를 두드리기 시작했다.

각성!
북경
각

　경묵이 집결 장소인 지하3층에 도착했을 때, 아직 20분 가량 시간적으로 여유가 있었음에도 불구하고 모든 팀원들이 모여 있었다.

　늘 이우의 목표가 된 사람은 아무래도 김성하인 듯 보였다. 이우는 김성하의 옆에 앉아 이런 저런 이야기를 하고 있었고, 김성하는 무미건조한 표정으로 고개만을 끄덕이고 있었다.

　김성하의 희생 덕분에 김배균과 이지원, 그리고 경묵은 개인적인 시간을 보낼 수 있었다.

　그 날, 훈련에 앞서 경묵은 자신의 스킬 창을 한 번 점검했다. MP를 최대한 효율적으로 사용할 수 있는 방법을 고안해내기 위해서였다.

'버프를 나눠서 개개인에게 필요한 것만 주는 것까지는 좋다 이거야. 그런데 부족해도 너무 부족하다 이거지······.'

전에 인공 던전에서 있었던 전투처럼, 준비할 시간이 충분하다면 모르겠지만, 갑작스럽게 펼쳐지는 전투가 생긴다면 본인의 영향력이 급감하게 될 것이라는 생각이 들었다.

'좋은 방법이 없을까…?'

그때 경묵의 뇌리를 스치고 지나간 생각이 하나 있었다. 마음 같아서는 '유레카' 하고 소리라도 지르고 싶었지만, 이우의 관심을 끌까 염려되어 속으로만 곱씹었다.

'왜 그 생각을 못했지? 팀원들의 인벤토리 안에 버프가 걸린 음식을 넣어두면 되잖아.'

경묵의 입가에 진한 미소가 떠올랐을 때, 눈앞에 지금까지는 보지 못했던 상태 창이 나타났다.

[히든 스킬의 스킬 북을 습득하셨습니다!]

[아는 것이 힘이다!]

[바로 습득 하시겠습니까?]

[Y / N]

'이게 뭐야?'

경묵은 침을 한 번 꿀꺽 삼키고는 인벤토리를 열어 스킬북을 확인해 보았다.

[아는 것이 힘이다!]

설명 : 지력과 지혜 능력치에 비례하여 MP의 양을 증가시켜 줍니다.

등급 : 히든 (Hidden)

가격 : ???

습득조건 : 자신의 스킬을 기존의 용도와 다르게 이용하여 새롭고 효율적인 전투 방법을 고안해내는 것.

'이거 대박이잖아?'

습득조건 란에 경묵의 시선이 한참동안 맴돌았다. 만약 모든 히든 스킬들의 습득 조건들이 이렇게 모호하다면, 조건을 알고 있다고 하더라도 습득하기에 상당히 큰 차질이 있을 것 같았다.

최유훈이 말해준 사실에 의하면 마치 상위 등급의 각성자들도 MP가 부족한 탓에 능동적으로 스킬을 사용하는 면모를 보이는 듯 했는데, 만약 이 스킬을 습득한다면 그런 걱정을 어느 정도는 해결할 수 있을 것 같았다.

경묵은 인벤토리에서 스킬 북을 꺼내고는 한 치의 망설임도 없이 곧장 습득을 시작했다.

손 위에 놓인 검은색 스킬 북이 천천히 형체를 감추기 시작하더니 손끝에서부터 시작된 고통이 몸 전체로 퍼져나가기 시작했다. 몸 안을 무언가가 천천히 헤집고 다니는 막심한 고통에 경묵이 차츰 경련하기 시작했다.

경묵의 몸 안을 누비던 무언가, 그 고통의 근원이 가슴 팍에 멈춘 듯 왼쪽 가슴에서 말로 표현할 수 없는 고통이 느껴졌다.

경묵은 입을 벌린 채 한 마디 비명조차 지르지 못한 채로 손으로 땅을 긁으며 몸부림 쳤다.

"으…… 어……."

차츰 고통이 멎어지기 시작하자, 몸 안에 무언가 새로운 기운이 샘솟는 것 같은 느낌이 들기 시작했다. 처음에 몸 안을 자연스럽게 순환하던 이질적인 기운이 점점 친숙하게 느껴지기 시작했다.

고통이 완전히 가시고 나자 경묵은 간신히 몸을 일으켜 세우고는 팀원들을 둘러보았다.

다행히 이우와 김성하는 열띤 토론을 펼치고 있었고, 나머지 팀원들은 귀에 이어폰을 꽂은 채 눈을 감고 앉아있거나 자신의 휴대폰을 어루만지고 있었다.

자신의 몸에 말할 수 없는 새로운 기운이 맴도는 것을 느낀 경묵이 오른쪽 주먹을 꽉 쥐어보았다.

몸에 나타난 변화를 찾기 위해 이런 저런 시도를 하던 도중, 눈앞에 상태창이 나타났다.

[히든 스킬 '아는 것이 힘이다!' 를 습득하셨습니다!]

'제기랄, 입에 좋은 약이라 그런지 몸에 엄청 쓰네.'

경묵의 몸에 육안으로도 확연히 보이는 푸른색 기운이

아른거리기 시작했다. 이내, 강한 바람을 동반한 푸른 파장이 경묵이 선 자리를 기점으로 원의 모양으로 퍼져나가기 시작했다.

갑작스레 불어온 강한 바람과 발치를 스쳐지나간 푸른 파장에 지하3층 강당에 함께 있던 팀원들 모두가 크게 놀라 경묵을 바라보았다.

크게 당황한 것은 경묵 또한 마찬가지였다.

팀원들이 의아하다는 표정으로 경묵을 바라보자 경묵은 어깨를 들썩여 보일뿐 아무런 말도 하지 않았다.

팀원들 역시 경묵의 스킬 중 하나라고 생각을 했는지, 이내 다시 신경을 죽였다.

경묵의 몸 주변에 남아 맴돌던 푸른 기운은 경묵의 몸 안으로 스며들어왔다.

경묵은 스킬 창을 열어 '아는 것이 힘이다!' 의 상세효과를 확인하기 시작했다.

―――――――――――――――――――――――

[아는 것이 힘이다!]

지속효과 : 지력과 지혜 능력치에 비례하여 MP의 총량이 증가하게 됩니다.

지력 (17x10)+ 지혜 (15x10) = MP 320 상승

형태 : 기본지속 스킬

―――――――――――――――――――――――

경묵은 모르고 있었지만, 사실 '아는 것이 힘이다!' 스킬은 모든 마법계열 각성자들이 동경하고 꿈에 그리는 스킬 북이었다. 심지어 그 스킬 북의 존재를 알고 있는 것도 아니고, 그런 효과를 내주는 스킬이 있다는 말만 떠돌고 있을 뿐이었다. 더군다나 시간이 지나면 지날수록 얻기가 어려운 히든 스킬 중에 하나였다.

경묵은 곧장 자신의 상태 창을 열어 자신의 능력치를 확인해 보았다.

'상태.'

이름 : 임경묵

레벨 : 1 (EXP:0.0%)

칭호 : 초급 강화사 (HP+5)

독서광 (지력 +3 지혜 +3)

공격력 : +1 (+1)

마력 : +24 (+24)

HP : 105 (+55)

MP : 470 (+420)

근력 : 11

지력 : 17 (+7)

민첩 : 12

지혜 : 15 (+7)

특수 능력치

조리 : 15

────────────────────────────

경묵의 입가에 미소가 떠올랐다. 이 정도의 MP라면 즉흥적으로 모든 버프를 걸어줄 수 있었을 뿐더러, 마법 공격 역시 자유롭게 사용이 가능할 것 같았다.

더군다나 계획했던 대로 버프가 걸린 음식이나 음료를 팀원들의 인벤토리에 넣어둔 채로 레이드를 시작한다면?

만약 음식을 먹어서 얻은 버프효과와 경묵의 버프가 중첩이 된다면?

중급 던전을 생각보다 더 손쉽게 격파할 수 있을지도 모르는 노릇이었다.

초당 1의 마나를 회복할 수 있는 [축복-초급] 스킬의 효과까지 생각을 해본다면 굉장한 변화를 이룩한 셈이었다.

놀라운 사실은 아이템으로 보정 받은 지혜와 지력 능력치도 '아는 것이 힘이다!' 스킬의 효과범주 안에 들어가 있다는 사실이었다.

이제 경묵에게 남은 숙제는 버프가 걸린 음식 혹은 음료를 인벤토리에 넣는 방법을 고안해내는 것뿐이었다.

마음을 편하게 먹기로 결심한 경묵은 곧 최유훈이 나타나면 자문을 구해봐야겠다고 생각했다.

만약 불가능한 방법이었다면, 히든 스킬을 습득할 수 없었을 것이라는 생각이 들어서였다.

경묵이 휴대폰으로 시간을 확인했을 때는 집결시간 3분 전이었다.

경묵은 괜히 마음이 급해지는 탓에 최유훈을 찾기위해 엘리베이터에 몸을 실었다. 3층으로 향하던 엘리베이터가 1층에 멈춰서고 문이 열렸을 때, 최유훈이 서 있었다.

최유훈은 한 손을 자신의 바지주머니에 넣은 채, 반대 손에 쥐고있는 자신의 핸드폰에서 시선을 떼지 않고 있었다.

경묵이 엘리베이터에서 내리자, 최유훈은 그제야 핸드폰에 묶여있던 시선을 경묵에게 두었다.

경묵과 눈이 마주친 최유훈은 반사적으로 자신의 휴대 액정에 떠있는 시간을 힐끔 내려다보고는 말했다.

"집결시간 직전인데 어디를 가는 거야?"

"감독님을 뵈려고 올라왔습니다."

"2분 뒤면 볼 수 있었는데 그렇게 내가 보고 싶던가?"

최유훈은 손에 들린 핸드폰을 다시 주머니에 넣으며 천연덕스러운 웃음을 지어보였다.

"다름 아니라 여쭤보고 싶은 게 하나 있어서요."

"그래, 이번엔 또 뭐가 궁금한 건가?"

최유훈이 엘리베이터 버튼을 누르며 답했다.

"혹시 직접 조리한 음식을 인벤토리에 넣을 수 있는 방법이 있습니까?"

"그거야 아주 간단하지."

"상점에서 구입한 물건이 아니면, 인벤토리에 넣을 수 없는 것 아닙니까?"

"그럼, 상점에서 구입한 식기나 용기에 음식을 담으면 되지 않겠나? 발모제도 파는 곳인데 설마 포장용기나 식기가 없겠어?"

경묵의 눈이 번뜩였다. 경묵은 곧장 상점을 열어 포장용기가 있는지 검색을 해보았다.

[원형 플라스틱 포장용기]

등급 : 하급

설명 : 음식을 담기에 적합해 보이는 포장용기. 다만 험하게 운반하면 음식이 샐 수 있다.

가격: 100개에 10GEM

'맙소사.'

있었다. 블랙마켓에서 판매하고 있는 포장용기가 있었다.

"나이스!"

최유훈은 그런 경묵이 이해가 가지 않는다는 듯 흘겨보며 물었다.

"뭐야? 던전에 김밥이라도 싸가려고 하는 건가?"

경묵은 입가에 미소를 지우지 못한 채로 웃으며 말했다.

"아니요, 버프를 잔뜩 담아서 갈 생각입니다."

"버프를?"

경묵은 최유훈에게 자신의 버프 음식에 대해서 설명하기 시작했다. 이야기가 이어지면 이어질수록 최유훈의 표정이 일그러지고 있었다.

"그게 정말인가?"

"네, 그렇습니다."

"그럼, 음식을 통한 버프 효과와 자네의 버프 스킬이 중첩이 되는지가 궁금하군."

"아직 그 점에 대해서는 알아보지 못했습니다."

최유훈은 한 손으로 자신의 턱을 쓸어내리듯 매만지며 고개를 끄덕였다.

"그게 관건이야. 만약 가능하다면 정말 손쉽게 중급 던전 레이드를 끝마칠 수 있겠어."

경묵은 비장한 표정으로 다시 말을 이어나가기 시작했다.

"그런데, 한 가지 더 알아봐야하는 사항이 있습니다."

"그래, 말해보게."

"다름이 아니라 얼마만큼의 조리를 해야 버프효과가 적

용이 되는지 궁금해서요."

"무슨 말인지 이해가 잘 가지 않는군."

경묵이 궁금한 것은 조리과정이 간단하더라도 음식에 버프 효과를 담아낼 수 있는지 였다.

만약 샐러드같이 특별한 조리과정을 필요로 하지 않는 음식에도 버프 효과를 담아낼 수 있다면 무궁무진한 능력이 되는 것이었다.

다만, 성공할 경우 최유훈에게도 음식에 버프를 담아내는 방법이 노출된다는 점을 감안한 경묵은 말을 아꼈다.

경묵은 언제 어떻게 아트리온 길드를 휘두를 수 있는 무기가 될지도 모른다는 생각에 굳이 쥐고 있는 무기를 최유훈에게 나눠주고 싶은 의향은 없었다.

"시간을 두고 기다려주시면 제가 해결책을 마련해 보도록 하겠습니다."

"그래, 알겠네. 필요한게 있으면 무엇이든 말을 하도록 하게."

"그런 점에서 감독님께 필히 부탁드리고 싶은 사항이 몇 가지 있습니다."

"말하도록 하게."

경묵은 한 번 웃음을 지어보인 후에, 필요한 사항을 하나 하나 말하기 시작했다.

"우선 제가 조리를 할 수 있는 공간, 그리고 블랙마켓에서 구입한 식재료들, 그리고 마지막으로 조리된 요리를 담아낼 수 있는 포장용기가 필요합니다."

최유훈은 고개를 끄덕이고는 답했다.

"그래, 일도 아니군."

"그리고 오늘 내일 훈련에서 열외를 시켜주셨으면 합니다."

"그래?"

최유훈은 잠시 동안 고민하듯 깍지를 낀 채 고개를 까딱거리다가 대답했다.

"그래, 꼭 시간이 필요하니 어쩔 수 없겠군. 알겠네. 조리는 3층에가면 탕비실이 있으니 거기서 하면 되겠군. 필요한 주방기구는 내가 자비로 사주도록 하겠네."

"5분만 기다려주신다면 필요한 물품 목록을 적어 올리도록 하겠습니다."

"그래, 알았네."

경묵은 최유훈에게 필요한 물품들을 다 적어둔 종이를 넘겨주었고, 최유훈을 따라 곧장 3층에 있는 탕비실로 향했다.

탕비실 안으로 들어선 경묵은 구조를 한 번 살폈다.

넓직한 공간은 아니었지만, 직원들이 야간근무를 하면서 간단한 조리를 가능케 마련해둔 공간이라 간단한 조리를 하기에는 무리가 없어보였다.

"어떤가?"

"아주 좋습니다."

최유훈은 흡족한 듯 미소를 한 번 지어보이고는, 그 자리에서 경묵이 적어둔 필요한 물품들을 모두 구입하여 경묵에게 내주었다.

블랙마켓은 정말 팔지 않는 물건이 없는 곳이었다.

"미처 말하지 못한 물품이 있다면 문자로 보내주게, 훈련중 쉬는 시간에 물건을 올려 보내주도록 하겠네."

말을 마친 최유훈은 시간을 한 번 확인하고는 급한 걸음으로 탕비실 밖으로 나섰다.

경묵의 눈앞에 샐러드를 조리하는데 필요한 재료들이 놓여있었다.

경묵은 흐르는 물에 손을 한 번 씻고는 인벤토리에서 자신의 [+3 대장장이의 중화칼] 을 꺼내들고는 나지막이 말했다.

"시작이다."

만약 실패한다고 해도 밑질 것은 없는 시도였다. 경묵은 의지를 한 번 다진 후, 입가에 웃음을 잔뜩 머금은 채 콧노래를 흥얼거렸다.

처적-

경묵의 칼이 양상추를 반으로 가르는 명쾌한 소리가 탕비실 안에 울려 퍼졌다.

우선적으로 경묵이 이번 조리를 통하여 알아내고자하는 사항은 3가지였다.

첫째. 가열 조리를 거치지 않아도 버프효과를 낼 수 있는가?

둘째. 음식의 버프효과와 자신의 버프스킬이 중첩이 되는가?

셋째. 조리한 음식을 인벤토리에 담을 수 있는가?

경묵은 대충 씻어낸 양상추를 먹기 편한 크기로 찢어내며 큰 접시에 담아내기 시작했다. 씻어서 찢은 것이 다인데도 불구하고 제법 먹음직스러운 초록빛을 뽐내고 있었다.

다음엔 치커리를 씻어낸 후 손으로 먹기 좋게 뜯어두어서 양상추와 고르게 섞어주었다.

사실상 조리가 끝났다고 해도 과언이 아닌 상태에서, 경묵이 회심의 미소를 한 번 지어보이고는 최유훈의 도움으로 '블랙 마켓'에서 구입한 키위 맛 샐러드드레싱을 손에 쥐었다.

키위 맛이라는 부탁까지는 하지 않았으니 최유훈의 입맛이 조금 반영된 듯 보였다. 드레싱까지 직접 만들어야 했다면 제법 귀찮을 뻔 했지만, 안파는 것이 없는 편한 곳이었다. 물론 GEM이 넉넉하다는 가정 하에서는.

경묵은 키위드레싱에 버프마법을 걸기 시작했다.

'증폭, 마력.'

['키워드레싱' 이 마력상승 효과가 부여되었습니다.]

경묵의 증폭스킬의 마력 상승량은 7 임에도 불구하고 1 만큼의 상승량만이 부여됐다. 증폭스킬의 마력 증가량이 8이 되어야 2의 증가량이 될 것 같았다.

자, 만약 이대로 드레싱을 뿌렸을 때, 샐러드에 버프 효과가 부여가 된다면 성공적인 결과를 이룩한 셈이라고 할 수 있었다.

경묵은 씻어서 먹기 좋게 찢어둔 양상추와 치커리를 블랙마켓에서 구입한 플라스틱 포장용기에 조금 옮겨 담은 후, 버프가 걸린 드레싱을 천천히 뿌려내기 시작했다.

구멍에서 조금씩 드레싱이 흘러나오기 시작하자, 달콤한 향기가 코 근처를 얼씬거리기 시작했다.

만약 이런 간단한 조리과정으로도 음식에 버프효과를 담아낼 수 있다면, 정말이지 큰 이점으로 작용할 것이었다.

우선적으로 조리 과정이 간단해지는 것은 물론이고, 재료를 인벤토리에 들고 다니며 이동 조리를 할 수도 있다. 물론, 던전 안에서도.

경묵은 샐러드가 들어있는 포장용기의 뚜껑을 덮은 후에, 자신의 인벤토리 안에 넣기 위해 용기를 집어 들었다.

만약 인벤토리안에 들어간다면, 한 가지 걱정이 덜어지는 셈이었다.

이윽고 경묵이 눈앞에 나타난 인벤토리 창에 샐러드가 담긴 포장 용기를 들이밀었을 때, 다른 아이템을 인벤토리와 넣던 때와 마찬가지로 손에 있던 용기가 사라지고 인벤토리 창 안에 나타났다.

"나이스!"

그리고 떨리는 마음으로 샐러드의 효과를 읽어 내리기 시작했다.

[양상추 샐러드]

설명 : 평범한 양상추 샐러드

효과 : 마력 + 2 (3시간 동안 지속됨.)

"이야~호!"

경묵은 쾌재를 불렀다. 이로써 한 번에 두 가지 궁금증이 해소 되었고, 더 여러 방면으로 버프효과를 내는 음식들을 활용할 수 있을 것 같았다.

경묵은 마지막 궁금증을 해소하기 위해서 다시 인벤토리에서 샐러드를 꺼냈다.

과연, 음식으로 낸 버프효과와 자신의 버프스킬이 중첩이 될 것인가?

경묵은 포장용기 뚜껑을 열어낸 다음, 손으로 버무리듯 샐러드를 섞어냈다.

골고루 섞인 듯 보이는 샐러드를 조금 집어서는 입에
넣었다.

아삭-

아니나 다를까 단순한 조리과정 이었음에도 불구하고
분명 조리스킬과 조리 능력치의 보정을 받은 듯 느껴지는
뛰어난 맛이었다. 단순히 식재료가 자신의 손을 거치는
것만으로도 환골탈태하는 것은 아닌지 싶을 정도로 신선
함이 느껴지는 양상추와 치커리였다.

아삭-아삭-

씹어낼 때 마다 입안에 향긋함과 상쾌함이 퍼지고 있었
다. 가끔 새어나오는 쓴 맛은 달콤한 드레싱이 잡아내주
었다.

조금 조금 집어서는, 입에 넣을 때 마다 기분이 좋아지
는 것만 같은 느낌이 들었다.

채식과는 상당히 거리가 먼 경묵이었지만, 금세 포장용
기에 담긴 샐러드를 비워내고 검지와 엄지에 묻은 드레싱
을 쪽 소리를 내며 빨아냈다.

제법 포만감도 느껴지고, 섭취하는데 걸리는 시간이 길
지도 않다.

가장 중요한 사실은 한가지였다.

'너무 맛있어.'

경묵은 제법 흡족한 듯 미소를 한 번 지어보이고는, 자

신의 상태 창을 열어 마력을 한 번 확인해 보았다.

이름 : 임경묵

레벨 : 1 (EXP:0.0%)

칭호 : 초급 강화사 (HP+5)

독서광 (지력 +3 지혜 +3)

공격력 : +1 (+1)

마력 : +26 (+24) (+2)

HP : 105 (+55)

MP : 470 (+420)

근력 : 11

지력 : 17 (+7)

민첩 : 12

지혜 : 15 (+7)

특수 능력치

조리 : 15

마력 수치가 2 만큼 늘어난 것을 확인한 경묵은 아무런
망설임도없이 곧장 자신에게 버프를 사용했다.

'증폭!'

경묵의 손에서 새어나온 빛이 허공에 머물다가 경묵의
몸 안으로 빠르게 스며들었다.

눈앞에 익숙한 상태창이 나타났다.

[마력이 일시적으로 7 증가합니다.]

'어라?'

경묵은 심히 쿵쾅거리는 가슴을 진정시키며 다시 상태
창을 열어보았다. 상태창을 열어 마력란을 확인하는 것은
그저 확실히 하고 싶은 마음에서였다.

사실 경묵은 자신의 상태 창을 열어보기 전에도 알 수
있을 것 같았다. 몸 안에서 무어라 형용할 수 없는 힘이
끓어 넘치는 것이 느껴지고 있었기 때문이었다.

[마력 : +34 (+24) (+9)]

아니나 다를까, 경묵의 마력이 대폭 상승해 있었다. 2
가지 버프효과가 중첩이 되어 평소 마력에 3분의1이 넘는
수치가 급속도로 증가했으니 스스로 체감을 못 하는 것이
더 이상한 셈이었다.

"이 정도면 오크건 오크 할아버지건 다 이길 수 있겠는
데?"

경묵은 몸에 끓어오르는 알 수 없는 힘을 만끽하며 주
먹을 한 번 꽉 쥐었다. 마나화살이 고블린들의 가슴팍을
꿰뚫던 감촉을 다시 한 번 떠올리고는 입가에 미소를 머
금었다.

이것으로 마지막 세 번째 고민까지 해결이 되었다.

자신이 생각보다 엄청난 능력을 가지고 있는 것 같다는

생각이 들자, 괜스레 웃음이 났다. 중급 던전 격파에 있어 서만큼은 강한 자신이 들었다.

경묵의 가장 큰 걱정거리이던 부족한 MP가 해결되고, 여러 가지 의문점들이 해소되는 과정에서 강점들이 나타나기 시작했다.

우선 음식의 버프효과와 자신의 버프스킬이 중첩이 된다는 사실이 가장 크게 와 닿았고, 간결해진 조리과정으로 인해 활용도가 한 마디로 무궁무진해진 셈이었다.

이제 경묵에게 남은 숙제는 단 한가지였다.

'맛있는 메뉴선정.'

자고로 건강만을 위해 먹는다면 약이겠지만, 맛까지 고려하여 먹는 것이 음식 아니겠는가?

경묵은 집에서 나오는 길에 문구점에 들러서 구입한 수첩을 꺼내 들어서는, 무어라 써내려가기 시작했다.

"음… 뭐가 있으려나…… 월병…군만두……음…이건 조금 아니고……."

경묵이 손에 쥔 볼펜이 열심히 춤추었고, 삐뚤빼뚤한 글씨가 수첩 한 면을 빼곡하게 채워나가고 있었다.

❀

그 시각, 지하 3층에서는 대열을 갖추는 훈련이 한창이었다.

최유훈이 모습을 보인 것은 집결시간으로부터 시간이 한참 지난 후였다.

일렬로 선 초급1팀의 앞에 최유훈이 서자마자, 이우가 조심스럽게 최유훈에게 경묵의 소식을 전했다.

"감독님, 경묵씨가 어디 갔는지 안보이네요. 아까까지 만 해도 있었는데."

"그래, 경묵군은 다른 할 일이 있어서 맡아서 하고 있으니 걱정하지 않아도 된다."

대답을 마친 최유훈은 곧장 오늘의 훈련 내용에 대해서 설명하기 시작했다.

김성하는 평소와 다름없이 최유훈이 말하는 사항들을 받아적으며 경청하고 있었다.

던전이라는 곳은 수없이 많은 돌발 상황이 발생하는 곳이었다. 갑작스럽게 뒤쪽의 원거리 딜러진이 습격을 당하는 경우도 있을 수 있고, 앞 대열의 방패잡이가 중상을 입고 방패잡이로서의 역할을 하게 되지 못할 수도 있는 것이다.

최유훈의 설명에 의하면 분명 이런 저런 돌발 상황에 대비하여 여러 가지 대열을 익히는 훈련이라고 하였다.

그런데, 힘들어도 너무 힘들었다. 돌발 상황에 대처하여 여러 대열을 익히는 훈련이라지만, 사실 기본적인 밑바탕은 기초 체력 훈련이었다.

초급1팀은 쉬는 시간 한 번 없이 거의 3시간째 뛰어다니며 대열을 익히고 있었다.

허리를 굽히고 자신의 무릎 위에 손을 포개어 놓은 채 숨을 헐떡거리던 이우가 김성하를 바라보며 말했다.

"아, 던전에서 아이돌 군무 출 것도 아니고 이게 무슨 고생이야."

얼굴에는 땀이 잔뜩 흐르고 있었고, 다리는 미세하게 떨리고 있었다. 딱 보기에도 체력적 한계에 거의 다다른 듯 보였다.

김성하도 숨을 헐떡거리며 인상을 쓴 채 이우를 바라보며 생각했다.

'정말 대단하군. 이 와중에도 불평불만을 늘어놓을 체력이 남아있다니.'

이우는 그런 김성하의 어깨에 한 쪽 손을 올려두고는 떨리는 목소리로 말을 이어나갔다.

"아이고, 경묵씨가 부럽다, 부러워."

난이도가 있는 훈련임이 분명했음에도 초급1팀은 잘 따라오고 있었다. 체력적으로 저하가 되었음에도 불구하고, 어느 순간부터 초급1팀의 대형 변화가 눈에 띄게 매끄러워져 있었다.

최유훈은 손을 들어 올려 휴식을 지시했다.

훈련 시작 3시간 만에 처음으로 갖는 휴식이었다.

"자, 잠깐 휴식."

정말 쓰러지기 직전에 내려진, 너무도 절묘한 휴식 명령이었다.

잠깐이라는 단어에 팀원들의 눈썹이 꿈틀했다가 이내 차츰 사그라들었다.

다들 아무런 군말도 없이 섰던 자리에 쓰러지듯 누워 숨을 헐떡거렸다. 이들은 우선 당장 짧은 시간이라도 휴식을 취하는 게 관건이었다.

최유훈은 휴식지시를 내린 이후에도 계속 선 자리에서 팔짱을 낀 채로 자신의 손목시계만을 하염없이 내려다보고 있었다.

"자, 휴식 끝. 다시 위치로."

잠깐의 휴식은 오히려 초급1팀의 육체를 더욱 더 한계로 몰아넣은 듯 했다.

힘없는 발소리만이 강당 안에 울려 퍼질 때, 엘리베이터 도착음이 울렸다.

모두의 시선이 엘리베이터로 향했다.

승강기의 문이 열리고, 그 안에서 양 손에 큰 봉투를 하나씩 나눠 들고 있는 경묵이 내렸다.

차츰 경묵이 가까워지자 최유훈이 물었다.

"다 되었나?"

"음, 간략히 말씀드리자면 궁금증은 다 해결 되었습니다."

"그래? 결과는 어떤가?"

최유훈의 눈이 호기심으로 번뜩였다.

경묵은 입가에 미소를 지어보이며 답했다.

"성공적입니다."

그리고는 자신의 손에들린 봉투들을 살짝 흔들어보이며 물었다.

"우선, 다 같이 식사라도 하는 것이 어떻겠습니까?"

최유훈이 잠시 고민하듯 허공을 응시한 채 고개를 살짝살짝 움직이고 있었다. 당연히 식사를 하지 않고 훈련을 이어갈 수는 없는 노릇이니, 흔쾌히 승낙했다.

최유훈이 고개를 끄덕여 보이고 나서야 팀원들의 시선이 경묵의 손에 들린 봉투로 향했다.

봉투 안에서는 알게 모르게 식욕을 자극하는 향이 퍼져 나오고 있는 것 같기도 했다.

우선, 경묵 덕분에 휴식시간을 선물 받은 팀원들의 입가에 짙은 미소가 떠올랐다.

경묵의 양 손에 들린 정체불명의 흰 봉투가 풀어졌다.

대망의 순간, 얼핏얼핏 엿보이는 내용물은 포장용기였다.

스티로폼 재질의 흰색 일회용 포장용기에 노란색 고무줄이 감싸져 있었다.

이우는 미소를 잔뜩 머금은 채로 손뼉을 치며 경묵에게
말했다.

"오, 이거 만두로구만. 만두야! 어디서 사온 거야?"

"요 앞에서 잔뜩 사왔죠. 고기만두에요."

사왔다?

사왔다는 말에 최유훈의 눈썹이 잠시 꿈틀거렸다.

버프효과를 내는 음식을 조리하겠다던 녀석이 무슨 소
리를 하고 있는 거지?

경묵은 최유훈의 시선 따위는 아랑곳하지 않고, 봉투
하나에 들어있던 만두를 모조리 꺼내어 보였다.

최유훈은 다른 봉투에는 내심 직접 조리한 음식이 있기
를 기대했다.

봉투가 풀어지고, 똑같은 모양의 스티로폼 재질의 일회
용 포장용기가 모습을 드러냈다.

포장용기를 감싸고 있는 노랑고무줄은 살짝 변색되어
회색빛을 머금고 있었고 힘겹게 늘어나있는 자태를 보자
니, 언제 끊어지더라도 그다지 서운하다 느껴지지 않을
것 같았다.

최유훈은 아직까지는 기대를 버리지 않은 채로 경묵에
게 물었다.

"저쪽 봉투에 담겨있던 건 고기만두고, 그럼 이 봉투에
잔뜩 든 건 뭔가?"

경묵은 최유훈에게 눈길 한 번 주지 않은 채 열심히 봉투 안에 든 포장용기를 꺼내 바닥에 늘어놓으며 무심한 목소리로 답했다.

"저게 고기만두면, 이건 당연히 김치만두죠."

경묵이 포장용기를 감싸고 있던 고무줄을 벗겨내자 스티로폼 재질의 포장용기가 주둥이를 벌렸다. 그 틈새로 김이 살짝 살짝 새나오기 시작했다. 이윽고 뚜껑이 완전히 뒤집어지자, 표면에 윤기가 잔뜩 맴도는 만두가 모습을 나타냈다. 그 윤기 있는 모습과 모락모락 올라오고 있는 김만 보아도 제법 먹음직스러워 보였다.

최유훈은 살짝 못마땅하다는 표정으로 경묵을 바라보며 물었다.

"자네가 직접 조리를 하는 것 아니었나?"

경묵은 그런 최유훈을 바라보며, 능청스럽게 답했다.

"아, 물론 제 손을 거친 것도 준비되어 있지요."

손을 거친 것도 준비되어 있다는 경묵의 말이 조금은 교묘하게 들릴 법도 했지만, 최유훈은 별다른 의심 없이 그 말을 받아들인 듯 보였다. 그도 그럴 것이 표정에 최유훈의 감정변화가 너무도 명백히 나타나고 있었다.

"그래, 기대되는군."

경묵은 인벤토리에서 포장 용기를 하나 꺼내서는, 최유훈에게 건넸다.

포장용기를 받아든 최유훈의 표정이 살짝 일그러졌다.

안에 든 것은 분명 액체 같았다. 작은 움직임에도 출 렁임이 느껴지는 것이 많은 양은 아닌 것 같고, 덮혀있 는 뚜껑 너머로 짠 내가 살짝 살짝 올라오는 것도 같았 다.

최유훈은 자신이 들고 있는 원형포장용기에 담긴 내용 물이라 짐작하고 있는 것이 있었다.

그 뚜껑을 자신의 투박한 손으로 열어냈을 때, 최유훈 의 짐작은 짐작에서 사실이 되었다.

최유훈이 잔뜩 일그러진 표정으로 경묵을 바라보며 물 었다.

간장이었다.

특별함이라고는 눈꼽만큼도 찾아볼 수 없는 간장.

아, 굳이 특별함이라고 하나 꼽아보자면 간장 표면에 고춧가루가 조금씩 떠다니고는 있었다.

물론 그게 다였다.

최유훈이 최대한 침착함을 유지하며 경묵에게 물었다.

"이게 뭔가?"

경묵은 눈 한번 끔쩍하지 않고 능청스럽게 답했다.

"간장입니다. 만두에는 간장이 제격이죠."

"아니, 간장이라는 건 나도 알겠네. 뚜껑을 열어보기도 전부터 알고 있었어."

완전히 틀린 말은 아니었다. 확신을 하지는 않았어도 뚜껑을 열어보기 전부터 간장이라는 짐작을 하기야 했었으니. 최유훈의 시선이 다시 간장으로 향했다.

간장의 표면이 일렁이고 있었고, 그 안으로 간장의 파동에 맞추어 생김새가 시시각각 변하는 자신의 모습이 떠 있었다.

아무리 생각해도 어이가 없었다. 최유훈은 다시 경묵에게로 시선을 옮기고는 물었다.

"아니, 사실 조금 실망스럽군. 나는 자네가 직접 제조한 '그 효과'가 담긴 음식을 기대했거든."

경묵은 대뜸 고기만두를 하나 집어 들고는 최유훈의 입가로 들이밀었다.

최유훈은 경묵이 입가로 들이 밀어준 고기만두를 아기 새처럼 한 입 크게 베어 무는 대신, 자신의 오른손으로 낚아채는 것으로 대신하였다.

경묵은 어깨를 한 번 으쓱해보이고는 최유훈에게 말했다.

"우선, 간장을 찍지 말고 한 번 드셔보세요."

경묵의 사뭇 진지한 표정을 본 최유훈은 우선 시키는 대로 한 번 해볼 요량이었다. 자신의 오른손에 들린 따뜻한 고기만두를 작게 한 입 베어 물고는 오물오물 씹어대기 시작했다.

그 모습을 지켜보던 팀원들이 저도 모르게 침을 한 번 꿀꺽 삼켰다. 묘한 분위기 탓에 아직 만두에는 손가락 한 번 대보지도 못한 상태였다.

최유훈은 천천히 혀에 맴도는 만두 맛을 음미하려다가 포기하고 평소처럼 몇 번 더 씹은 후에 삼켜냈다.

그저 평범한 고기만두였다.

'길거리에서 단돈 이삼천 원이면 맛볼 수 있는 정말 평범한 고기만두.'

맛이 없는 것은 아니었지만, 그렇다고해서 맛이 특출난 것도 아니었다. 경묵은 최유훈이 왼손에 들고 있는 간장을 한 번 가리켰다.

"이번에는 간장을 한 번 찍어서 드셔보시죠."

경묵의 당당한 태도에 괜한 기대감이 생겨나기 시작했다. 한 번 그렇게 생각하고 나니, 간장에서 올라오는 짠내가 조금 특별한 것 같다는 생각도 들기 시작했다.

최유훈은 만두 끝을 살짝 간장에 적셔낸 후, 천천히 자신의 입가로 가져왔다. 만두 끄트머리에 맺힌 간장이 떨어질 듯 떨어지지 않으며 보는 이들의 애간장을 태웠다.

만두가 최유훈의 입가 근처까지 왔을 때, 만두를 살짝 적신 간장의 향이 코끝을 제대로 간지럽 태웠다.

'조금 특별한 간장인 것 같기도 하고……'

만두를 입에 넣던 순간 마주친 경묵의 눈에는 자신이 꽉 차있었다. 그리고 만두가 입에 들어온 순간, 최유훈은 당황한 기색을 숨길 수 없었다. 입 안을 잔뜩 자극하는 만두의 향, 단순히 고춧가루만 위에 둥둥 떠다니는 별 볼일 없는 간장은 확실히 아니라는 생각이 들었다. 분명 수많은 재료의 배합들이 일구어낸 맛이리라 짐작하며 혀끝을 맴도는 새콤한 짭짤함을 만끽하고 있었다. 자극적이면서도 자극적이지 않은 맛이었다. 혀와 맞닿을 때 마다 새로운 풍미가 입안에 퍼지고 있었다.

최유훈은 확신하고 있었다.

'비법 소스라는 게 이런 거구나.'

만두의 평범한 맛에서 느끼게 될 수도 있는 간지러운 부분을 긁어주는 맛이었다.

최유훈은 한참을 오물거리다가 입 안에 담긴 만두를 삼켜냈다. 가히 간장이 만두의 맛을 살려냈다고 해도 과언이 아니었다.

경묵은 그런 최유훈을 한 번 살피고는 자신감 넘치는 목소리로 물었다.

"어때요? 맛있죠?"

최유훈은 헛기침을 하며 한 번 목을 가다듬고는, 진중한 목소리로 조심스레 물었다.

"실례가 아니라면 어떤 재료들이 들어간 간장인지 알고

싶군."

물론, 단순한 호기심에서 우러나온 물음이었다. 경묵은
상당히 멋쩍은 듯 뺨을 벅벅 긁으며 대답했다. 호기심으
로 가득 차있는 최유훈의 눈빛이 부담스러울법 하긴 했
다. 돌아온 경묵의 대답은 너무도 간결했다.

"그냥 간장에 고춧가루 뿌린 건데요?"

그 전에도 둘 만 대화를 주고받고 있었다지만, 순간 찾
아온 정적에 강당에 고요함만이 가득 찼다.

최유훈이 의아하다는 듯 되물었다.

"그냥 간장에 고춧가루를 뿌린 거라고? 그럼 이 간장이
특별한 간장인가 보군."

"아닌데요?"

경묵의 단호한 대답에 최유훈의 표정이 눈에띄게 일그
러졌다.

"그럼?"

모두가 숨죽인 채 경묵의 대답을 기다렸다. 경묵은 어
깨를 한 번 으쓱해보이고는 바지 주머니에서 구겨진 영수
증을 건네며 말했다.

"그 간장도 그냥 요 앞 마트에서 사온 간장이에요."

영수증을 받아든 최유훈이 투박한 손으로 구겨진 영수
증을 펴내고 실눈을 뜬 채 기가막히다는 듯 헛웃음을 터
트렸다.

"허……."

다른 팀원들은 최유훈의 한 손에 들린 간장을 바라보며 침을 한 번 삼켰다.

정말 별 볼일 없어 보이는 간장이었는데, 경묵에게 제조 과정을 듣고 나니 더욱 별 볼일이 없어 보였다.

대체 저 간장이 어떤 맛이기에 이렇게 열띤 대화를 주고받고 있는 건지 통 납득이 가질 않았다.

경묵은 최유훈의 눈치를 한 번 살피고는 조심스럽게 말을 이어갔다.

"사실, 더 들어간 게 있긴 합니다만……."

모두가 기대를 잔뜩 품은 채, 경묵의 입을 바라보았다. 경묵은 나지막이 말을 이어나갔다.

이윽고, 최유훈이 깜짝 놀란 맛을 지닌 간장의 비법이 경묵의 입에서 조금씩 새나오기 시작했다.

"식초하고 설탕도 조금 섞기는 했습니다."

경묵의 말이 끝나자, 최유훈의 호쾌한 웃음소리가 강당 안에 크게 울려 퍼졌다. 최유훈이 경묵에게 조심스럽게 물었다.

"혹시 자네가 각성하면서 발현된 특수 능력치는 무엇인가?"

"조리입니다."

"조리?"

최유훈은 그제야 납득이 간다는 듯 고개를 끄덕여보이고는, 간장이 든 비법소스를 중앙에 내려놓고는 말했다.

"어서들 들지."

하기야, 경묵 스스로도 자신이 만든 요리 맛을 보면 깜짝깜짝 놀라곤 하는데 다른 사람이라고 그러지 말라는 법이 있을까?

단순히 경묵이 직접 간장에 고춧가루를 뿌리고, 식초와 설탕을 섞은 것만으로도 간장의 맛을 극한으로 끌어올릴 수 있었다. 아, 물론 간장의 배합은 '요리의 식감을 살려주는 미니팬' 안에서 이루어졌다.

경묵도 상당히 허기져있던 터라 고기만두를 집어 들고는 간장을 듬뿍 찍어낸 후 한입에 넣고는 우물우물 씹기 시작했다.

경묵을 시작으로 다른 팀원들도 옹기종기 모여 앉기 시작했다.

다들 배가 고픈 것은 물론이고, 최 감독과 경묵의 대화 내용을 들은 탓에 맛이 궁금해서 미칠 지경이었다. 다들 만두를 하나씩 집어 들고는 경묵의 간장에 살짝 적신 후, 빠르게 입안으로 옮겨냈다.

"와."

"이거 정말 맛있네?"

만두를 맛본 팀원들이 한 마디씩 감탄사를 내뱉었다.

그 후, 모두의 젓가락질에 점점 더 속도가 붙기 시작했다.

이우는 유독 호들갑을 떨어대며 누구보다도 맛있게 먹어대고 있었다.

팀원들이 맛있게 먹는 모습을 지켜보던 경묵의 입가에 흐뭇한 미소가 떠올랐다. 이내 경묵은 무언가가 떠오른 듯 젓가락을 내려놓고는, 주머니에서 수첩을 빼들었다. 그리고는 다시 삐뚤삐뚤한 글씨로 무어라 적어내려가기 시작했다.

첫 번째. 시간이 지나도 맛에 큰 변화가 생기지 않는 중국요리가 무엇이 있는지 꾸준히 생각해 볼 것. (맛있어야 함!)

우선 경묵이 가장 중요하게 생각하는 요소는 무조건 한 가지. 바로 '맛'이었다. 몸을 생각해서 먹는 것은 약이고, 건강은 물론 맛까지 생각해서 먹는 것이 음식이라는 게 경묵의 마인드였다.

남들은 모르겠지만 자신 만큼은 건강에 조금 해가된다 해도 맛이 좋다면 섭취를 꺼리지 않는 편이었다. 우선, 미리 조리해둘 수 있다는 장점을 살린 지금으로서 인벤토리에 오랫동안 넣어두어도 맛의 변화가 크지 않은 음식을 찾아야 했다. 금방 상한다거나 식감이 변하거나 하는 것은 경묵으로서 용납할 수 없는 상황이었다. 버프가 걸려 있더라도 음식은 음식이라고 생각하고 있었다.

만약 지킬 수 없다면 서은처럼 엘릭서의 형태로 만들어 지니고 있는 것이 나은 셈이었다.

두 번째. 팀원들 개개인이 좋아하는 요리를 하나씩 알아둘 것. 던전 안에 들어가고 나서야 곤란하다지만, 들어가기 직전에라도 가장 좋아하는 요리를 한 번씩 대접해주고 싶다는 생각이 들었다. 물론 과정이 번거롭기야 하겠지만, 맛있게 먹어주는 모습에 내심 마음이 갔다.

세 번째. 다른 조리스킬들에 대해서도 한 번 알아볼 것. 물론 각성이후로 이런저런 조리 스킬과 미니 팬 덕분에 요리 실력이 충분히 많이 증폭되었다지만, 이용할 수 있는 것들이라면 최대한 이용하여 자신이 낼 수 있는 맛을 극한까지 끌어올려보고 싶었다. 경묵이 간단히 필기를 마치고 이런저런 생각에 잠겨 있다가 정신을 차리고 나니, 팀원들이 어느새 모든 만두를 다 먹어치운 후였다.

'허…… 한 개밖에 못 먹었는데……'

간장이 담겨있던 플라스틱 용기도 흰 바닥을 보이고 있던 탓에, 많이 먹지 못한 것이 아쉬우면서도 내심 기분이 좋았다. 아까 남은 양상추와 치커리로 만들어둔 샐러드가 생각난 경묵은 입가심을 하기에 제격이라 생각하여 인벤토리에서 샐러드를 꺼내서는 뚜껑을 열며 말했다.

뚜껑이 열리며 키위 드레싱의 은은한 향기가 팀원들의 후각을 자극했다.

"이것도 조금 드세요."

"오, 샐러드네."

이우가 대답과 동시에 다시 젓가락을 집어들자 모든 팀원들이 샐러드에 관심을 보이기 시작했다. 경묵은 샐러드를 가운데에 내려놓으며 먹기 좋게 잘린 양상추를 하나 집어 들고는 입안에 넣고는 무심하게 몇 번 씹어보았다.

아삭-

경묵의 눈이 휘둥그레졌다.

"어라?"

경묵은 다시 한 번 용기에 담긴 양상추를 한 조각 집어 들고는 입에 넣고 씹어 보았다.

아사삭-

제법 오랜 시간 드레싱과 섞여있었음에도 불구하고, 인벤토리에 넣었을 때의 식감을 그대로 유지하고 있었다. 경묵은 내려놓았던 젓가락을 다시 집어 들고는 샐러드를 크게 한 젓가락 집어 입에 넣었다.

아삭-아삭-

경묵은 열심히 샐러드를 씹어대며 거의 광기가 어렸다고 해도 과언이 아닌 미소를 머금은 채 생각했다.

'내가 최고의 냉장고를 가지고 있었구나……!'

식사를 마친 초급 1팀은 자리를 정리하고 나서 잠깐의

휴식을 가졌다.

훈련을 받는 내내 경묵의 생각은 전혀 다른 곳에 가 있었다. 분명 한참 전에 드레싱을 뿌려둔 샐러드의 아삭함이 유지되고 있었다. 경묵은 고민에 고민을 거듭한 끝에 여러 가설들을 생각해냈다.

'인벤토리에 물건을 넣은 시점으로부터 물건에 시간이 흐르지 않는다.' 혹은 '신선도를 최상으로 유지시켜주는 능력이 있다.' 혹은 '단순히 일반 냉장고보다 조금 성능이 뛰어나다.'

만약 갓 튀긴 튀김요리의 식감을 그대로 유지시켜줄 수 있다면? 아니면, 방금 볶아낸 짬뽕의 풍미와 불내를 그대로 잡아둘 수 있다면? 경묵은 상상만으로도 입이 귀에 걸릴 것만 같았다.

만약 그렇다면 유지시킬 수 있는 기간은 얼마만큼 인가를 또 생각해보아야 했다.

오늘 훈련을 마치는 대로 경묵은 확실한 승부수를 띄워보고자 했다.

경묵이 고안해낸 확인해볼 수 있는 가장 좋은 방법은 한 가지였다. 인벤토리 안에 뜨거운 요리를 넣어보는 것. 사실상 경묵의 모든 추측이 빗나가고 보온 효과, 혹은 냉장 효과만 지니고 있다 하더라도 엄청난 이득인 셈이었다.

그날 훈련을 마치자마자 경묵은 최유훈에게 알게 된 몇 가지 사실들을 보고했다. 음식의 버프효과와 자신의 버프 스킬의 효과가 중첩이 된다는 것과, 간단한 조리를 통해서도 버프의 효과를 부여할 수 있다는 사실에 대해 상세히 말해 주었다.

성공적인결과 덕분에 최유훈의 기분은 상당히 격양되어 있었다. 웬만큼 난이도 있고, 오랜 시간이 소요되고, 갖은 노력이 수반되는 훈련으로도 쉽사리 이룩할 수 없는 성과를 경묵의 요리와 버프를 통해 얻어낼 수 있게 되었다.

최유훈은 자신의 투박한 양 손바닥을 세게 맞대며 호탕하게 웃어대다가 말했다.

"그래, 아주 훌륭하군. 더 필요한 것이 있다면 말만 하게."

이미 각성자로서 어디에서도 꿇리지 않는 커리어를 갖추고 있는 최유훈은 감독으로서의 커리어 따위에는 하나도 관심이 없었다. 오직 성취감과 보람을 위해서 움직이고 있는 것이었다.

초급 각성자들로 이루어진 팀이라고 보기에는 너무도 압도적인 전투능력을 갖춘 초급1팀을 바라보고 있노라면 자신의 젊은 시절이 떠오르곤 했다. 경묵은 필요한 게 있으면 말만 하라는 최유훈의 말에서 용기를 얻어 어렵게 다시 입을 뗐다.

"감독님, 죄송한데 부탁 하나만 더 드려도 되겠습니까?"

"그래. 말해봐."

"내일 하루 종일 조리를 할 수 있는 공간과 필요한 만큼의 식재료를 마련해 주실 수 있습니까? 탕비실 만으로는 부족할 것 같고, 평범한 식당의 주방 정도 규모라면 적합하겠는데요."

경묵이 어렵게 이야기를 꺼냈다지만, 최유훈에게는 어려운 일이 아니었다. 대금을 지불하고, 길드 건물 1층에 있는 식당 주방을 임대하면 되는 것이었다. 영업을 하지 않는 새벽시간이라면 문제없이 임대가 가능할 것 같았다.

"그래, 그 부분에서는 걱정하지 않아도 된다. 그런데 말이다."

최유훈이 말끝을 흐리고는 눈을 가늘게 떴다. 그리고는 조심스러운 어투로 천천히 다시 말을 이어나가기 시작했다.

"아직까지는 자네가 버프효과를 낼 수 있는 음식을 조리할 수 있다는 사실은 되도록 알리지 않는 게 좋을 것 같군. 나라도 탐이 나는데 다른 누구라고 자네가 탐나지 않겠나?"

경묵은 입가에 미소를 머금은 채 고개를 끄덕이자 최유훈이 경묵의 어깨를 가볍게 두드렸다.

"단연 노파심에서 하는 말이니, 너무 기분 나쁘게는 듣지 말게. 팀원들에게도 잘 일러두어 입막음을 시킬 테니 걱정하지 말고."

"알겠습니다."

"그래, 나가보게."

경묵은 상황실 밖으로 나서자마자 휴대폰을 꺼내들어 시간을 확인했다. 와 있는 이런저런 연락들을 한 번 확인하다가 정혁에게 와있는 연락을 보았다.

[정혁이형 : 내일이면 푸드트럭 완성. 다들 언제 시간 되?]

메시지가 도착한 지 무려 5시간이나 지나있었다. 요즘 통 핸드폰을 확인하지 못하고 정신없이 지낸다는 증거였다.

경묵은 입가에 미소를 한 번 짓고는, 휴대폰 액정을 빠르게 두드리기 시작했다.

[다들 4일 뒤에 만나요.]

4일 뒤라면 충분히 시간적인 여유가 있었다. 내일 중급 던전 레이드가 시작되고, 예상 돌파시간은 1박 2일이라고 하였으니 하루 정도는 휴식을 취하고 정혁과 서은을 만나면 될 것 같았다.

푸드트럭 생각을 하니, 가슴이 부풀어 오르는 것이 느껴졌다.

경묵은 이어폰을 귀에 꽂고 버스정류장을 향하여 걸음을 옮기기 시작했다. 목표에 한 걸음 한 걸음 다가가고 있는 것 같아 몹시 기분이 좋은 새벽이었다.

❀

이튿날, 경묵은 잠에서 깨자마자 인벤토리를 열었다. 오늘 아침 훈련을 마치고 집에 돌아오자마자 팔팔 끓인 김치찌개를 포장용기에 담아 인벤토리에 넣어두었었다. 눈곱도 떼기 전에, 기지개 한번 펴기 전에 인벤토리부터 대뜸 연 경묵은 어젯밤 넣어둔 포장용기를 꺼내어 양 손으로 쥐었다.

경묵의 입가에 미소가 지어졌다.

따뜻했다.

경묵이 포장용기의 뚜껑을 열자마자 김이 모락모락 올라오기 시작했다. 마치 방금까지 팔팔 끓던 김치찌개만 같았다. 말 그대로 어제 인벤토리에 넣던 때로부터 조금의 변화도 맞이하지 않았다. 이로써 확실해 진 것이다.

아무래도 인벤토리에 넣는 시점에서, 음식의 온도에는 더 이상 변화가 생기지 않는 것 같았다. 경묵은 김치찌개가 든 포장용기의 뚜껑을 잘 닫아서 다시 인벤토리 안에 넣었다.

마지막 남은 의문은 하나. 과연 얼마만큼의 기간 동안 보존을 해 주느냐가 관건이었다.

경묵은 집에 돌아온 후로 잠에 깊게 빠져있던 터라 시간이 얼마나 흘렀는지를 제대로 체감하지 못했다. 핸드폰을 들어 시간을 확인해보니, 집결시간이 코앞이었다.

경묵은 고개를 세차게 저어 정신이 들게끔 한 후, 화장실로 걸음을 옮겼다.

세수를 하다가 올려다 본 거울 안에 비친 자신의 얼굴색이 전보다 한결 더 나아진 것 같았다. 괜한 착각일 수도 있겠다만, 정말이지 조금은 더 화사해진 것 같은 기분이 들었다.

간략하게 준비를 마친 경묵은 책상 위에 놓인 수첩을 집어 들어 외투 안에 넣고는 콧노래를 흥얼거리며 집을 나섰다.

경묵이 오늘 해야 할 일은 팀원들이 던전 안에서 해결해야하는 하루 분량의 식사를 미리 준비해두는 것이었다. 만약 인벤토리가 음식의 부패를 막아준다는 확증까지 생긴다면 오늘 이틀치의 식사를 모두 조리해서 인벤토리 안에 넣어둘 수도 있겠다만, 그렇지 않은 탓에 나머지 식사는 중급던전 안에서 얻은 식재료로 해결할 생각이었다.

사실상 던전 레이드의 의도는 던전 안에서 구할 수 있는 식재료가 얼마나 뛰어난지를 검증해보고자 한 것뿐이었으니까 말이다.

경묵이 탄 버스가 아트리온 길드 건물에 거의 다다랐을 때, 최유훈에게 문자 한 통이 왔다.

[길드 건물 1층 117호.]

그 굵직한 손가락으로 핸드폰을 꾹꾹 눌르며 열심히 문자를 쳤을 생각을 하니 괜스레 웃음이 나왔다.

버스에서 내려 길드 건물 안으로 들어온 경묵은 문자에 적혀있는 117호를 찾아 걷기 시작했다.

117호는 길드 건물 1층에서 가장 목이 안 좋아 보인다고 해도 과언이 아닌 구석진 자리에 있는 한식집이었다.

저녁6시, 한창 장사할 시간임에도 불구하고 가게를 빌릴 수 있다는 사실로 미루어보아 가능성은 두 가지.

첫 번째는 최유훈이 저녁장사 수입보다 더 많은 대금을 주었다.

두 번째는 저녁장사 수입이 그렇게 많지 않다.

물론 경묵의 추측은 후자 쪽에 더 힘이 실려 있었다. 아트리온 길드 건물에 입점해있는 식당이다 보니, 장사가 잘 되고 안 되고를 떠나서 상당히 깔끔하게 정리되어 있었다.

'이런 식당 하나 있으면 참 좋겠다.'

경묵은 수첩을 열어 필요한 식재료를 하나하나 적어보기 시작했다. 어차피 조금 과감하게 구입을 해도 상관이 없겠다 생각이 든 것이, 남더라도 인벤토리 안에 넣어둘 수 있고 조금씩 꺼내서 쓸 수 있었다.

경묵은 필요한 양보다 조금씩 넉넉하게 적어내기 시작했다.

외투를 벗어 홀 테이블 위에 올려두고는, 글씨로 빼곡해진 수첩 종이를 뜯어냈다.

빠트린 재료가 없는지 유심히 한 번 살피고는 최유훈에게 문자로 적힌 재료들을 모두 보내주었다.

불과 몇 분 안에 모든 재료가 도착할 예정이었다.

인벤토리에서 중화 칼과 미니 팬을 꺼내어 올려두고, 행주를 물에 적셔 적당히 물기를 뺀 후 옆에 두었다.

짝-

경묵이 양 손뼉을 세게 마주치고는, 한 손에 중화칼을 쥐었다. 식당 주방에서서 중식 칼을 쥐어보는 것이 상당히 오랜만이었다. 괜스레 가슴이 두근거렸다.

최유훈은 다른 사람을 통해 재료들을 보내 주었다.

경묵은 재료들을 꼼꼼히 확인하여 혹시 도착하지 않은 것이 없는지 확인을 해 보았다.

'정확하군.'

경묵은 우선 쌀을 씻어내기 시작했다. 몇 번 씻어낸 쌀을 밥통에 앉히고 취사 버튼을 누른 후 야채를 다져내기 시작했다.

중화 칼을 쥔 경묵의 손이 현란하게 움직였다.

착착착착착–

도마와 칼이 부딪히는 소리가 일정하게 끊이지 않고 계속해서 들려왔다.

경묵의 칼이 지나간 자리에 일정하게 썰어진 야채들이 가지런히 놓이고 있었다.

계란 한판을 모두 깬 다음, 잘 풀어 두었다.

경묵은 자신의 수첩에 물기가 묻을까 위쪽 선반에 올려 두었다. 선반에 올려진 경묵의 수첩에는 생각해둔 이계들소의 조리법이 빼곡하게 적혀있었다. 이제 남은 것은 버퍼 임경묵이 아니라, 요리사 임경묵으로서 중급던전 레이드의 마지막 준비를 해야 하는 시간.

경묵의 입가에 진한 미소가 떠 올랐다.

❀

그날 오후, 초급 1팀이 관악산에 위치한 중급 던전 앞에 섰다. 최유훈은 동행하지 않았다.

입구에서 실시하는 라이센스 검사를 통과하고 산길을 따라 한참을 걸으면 던전 입구가 나타난다.

경묵은 길을 따라오는 한참동안 인벤토리 안에 들어있는 음식들을 유심히 살피고 있었다.

던전 입구에 다다르자, 김성하는 사뭇 진지한 표정으로 이런저런 주의사항들을 다시 한 번 전달하기 시작했다. 이우는 그 와중에도 경묵의 옆구리를 콕콕 찔러대며 물었다.

"경묵씨, 도시락 싸왔다며? 뭐 싸왔어? 맛있는 거 싸왔어?"

"비밀입니다. 팀장님 말씀하시는 거 경청하세요."

김성하가 눈살을 찌푸린 채 이우를 바라보고 있던 탓에 경묵이 눈치를 준 것이었음에도 불구하고 우는 계속해서 말을 이어갔다.

"그러지 말고 말 좀 해줘, 궁금하단 말이야."

경묵의 곁눈질 덕에 김성하의 따가운 시선을 인식한 이우가 고개를 돌리고는 손을 대뜸 들어 올리더니 말했다.

"팀장님, 건의 드리고 싶은 사항이 하나 있는데요?"

"말씀하세요."

이우는 장난기 가득한 목소리로 말했다.

"구호라도 한 번 외치고 들어가는 게 어떻겠습니까?"

"구호?"

이우는 장난스러운 목소리로 말했다.

"축구팀처럼 모여서 화이팅하고 소리를 지르던, 아이

돌 처럼 구호를 외치던 뭐라도 한 번 하고 들어가자 이겁니다. 어차피 안에 들어가면 찍소리도 마음 편히 못 낼 거, 소리라도 한 번 빽하고 질러보고 들어가자는 거죠."

이지원이 제법 재미있는 제안이라는 듯 활짝 웃으며 고개를 끄덕였다.

김성하도 그닥 부정적으로 생각하지는 않는 듯 이우에게 되물었다.

"뭐, 생각해둔 구호라도 있으십니까?"

"아니요, 아직 없습니다."

모두가 구호를 생각하는 듯 잠시 동안 정적이 흘렀다.

그때, 경묵이 입가에 웃음을 머금은 채 손을 높이 들어올리자 김성하가 말해보라는 듯 손짓을 해 보였다.

"다름이 아니라……."

경묵이 입을 열자 모두의 시선이 경묵에게로 향했다.

경묵의 이야기가 끝나자 모두가 한바탕 자기 배를 부여잡고 크게 웃고 있었다.

반응이 이렇다보니, 경묵은 멋쩍은 듯 뒤통수를 긁으며 물었다.

"별로인가요?"

"아니요, 나는 나쁘지 않은 것 같은데?"

이지원은 어찌나 웃었는지, 한 쪽 눈에 고인 눈물을 닦아내며 말했다. 김성하도 나쁘지 않다고 생각한 듯, 상황을 정리하기 시작했다.

"다른 의견 없으시면 경묵씨가 말씀하신 구호 외치고 바로 들어가도록 하겠습니다."

초급1팀이 입구를 바라보고 일렬로 섰다.

다짜고짜 양 손을 펴서 입 옆에 바짝 붙이고는 한 바탕 크게 소리를 지르기 시작했다.

"이놈들, 손님 받아라!"

8장. 던전 안의 햇볕도 참으로 따스하다

MODERN FANTASY STORY

각성!

북경각

경묵을 비롯한 초급1팀이 천천히 중급 던전 안으로 들어서기 시작했다.

겉에서 볼 때 던전의 입구는 평범한 동굴처럼만 보였고, 지금까지는 평범한 동굴과 다를 것이 하나도 없었다.

김성하를 선두로 하여 조금씩 걸음을 옮겨 들어선 던전 내부는 점점 어두워지기만 할 뿐, 뭐 이렇다 할 특징이 있는 것은 아니었다.

조금은 긴장이 풀리기 시작했던 그 때, 눈앞이 캄캄해졌다.

"앗?"

경묵이 당황한 듯 놀란 소리를 흘리자, 경묵의 등 뒤를 따르던 이우가 경묵을 살짝 밀어주었다. 계속해서 이동하라는 뜻이었다.

경묵은 천천히, 그리고 조금씩 걸음을 이어나가기 시작했다. 그러자 방금 전의 어둠이 무색할 만큼 놀라운 광경이 눈앞에 나타났다.

"이럴 수가……."

눈앞으로 나무들이 울창하게 자란 숲이 나타난 것이다. 동굴 안으로 들어서서 보일 수 있는 광경이라고는 생각할 수 없을 정도였으니, 놀라는 것이 당연할 법도 했으나, 경묵을 제외한 팀원들은 제법 익숙한 듯 걸음을 멈춘 채 경묵의 표정을 관찰했다.

의아해하는 경묵을 바라보는 팀원들의 입가에 미소가 지어졌다.

경묵을 제외한 모든 팀원들은 이미 수차례 던전을 경험해본 적이 있었기 때문에 그런 모습이 조금은 귀엽게 느껴질 법도 했다.

눈앞으로 펼쳐진 울창한 나무숲은 실체임이 분명했다. 조금 더 맑은 듯 느껴지는 공기며, 불어오는 바람이며, 바람에 흔들리는 나뭇가지며 무엇 하나 허구나 허상이 아닌 실체라는 것을 알 수 있었다.

경묵은 대단한 광경에 침을 한 번 삼켜냈다.

어째서 각성과학자들이 던전을 이계(異界), 즉 다른 세계라 칭하는 지에 대해서 알 수 있었다.

그 후의 초급1팀의 움직임을 한 단어로 표현하자면 말 그대로 '조심스럽게' 였다.

경묵과 초급1팀은 훈련받았던 대로 천천히 걸음을 옮기며 지형을 파악하기 시작했다. 던전 내부 지형은 지급받은 지도와 다를 것이 하나도 없었다.

그 때, 멀찍이 떨어진 오크 서너 마리와 이계들소 한 마리가 초급1팀의 눈에 들어왔다.

2M는 족히 넘을법한 큰 키에 잘려나간 듯 보이기도 하고 돼지와 흡사해 보이기도 하는 코, 질긴 가죽재질의 하의를 입고 있고 있는 오크는 아무런 무기도 손에 쥐지 않은 채로 숲을 어슬렁거리고만 있었다.

붉은 눈동자며 발달한 상체근육이며 모든 것이 두려움을 자아냈지만, 왠지 질 것 같다는 생각은 들지 않았다.

초급1팀은 나무 뒤에 몸을 숨긴 채로 천천히 오크들을 관찰하기 시작했다.

정확한 머릿수는 네 마리.

물론 경묵의 관심은 그 옆에있는 '이계들소' 에게 쏠려 있었다. 이마에 달린 눈 까지 합하여 총 3개의 눈을 가지고 있는 이 소는, 상당히 발달한 듯 보이는 다리를 가지고 있었고, 이마 옆에는 스치기만 해도 중상이 예상되는 날카로운 뿔이 양 옆으로 2개 달려 있었다.

손쉽게 제압할 수 있는 만만한 상대는 아니라는 느낌을 받기야 했지만, 적어도 질 것 같다는 느낌을 들지 않았다.

예정된 장소는 아니었지만, 오크들의 수준을 파악해보기에는 더할 나위 없이 좋은 기회인 것이 확실한 터라, 팀장 김성하가 조용히 전투준비 수신호를 보냈다.

김성하의 수신호를 확인한 경묵은 재빠르게 버프 마법들을 시전하기 시작했다. 최근 습득한 히든 스킬 [아는 것이 힘이다] 덕분에 MP의 구애를 덜 받고 버프마법을 능동적으로 사용할 수 있게 되었던 터라 부족함 없이 팀원들에게 필요한 버프 마법을 걸어 줄 수 있었다.

이지원은 이런저런 함정을 설치하는 대신, 화살을 활시위에 올려놓은 채로 오크들에게 겨누었다.

이우도 마찬가지였다. 자신의 날카로운 창을 오른손에 꽉 거머쥔 채로 오른발을 뒤로 슬며시 빼며 창을 던질 준비를 마쳤다.

다음 순간 이렇다 할 신호 없이, 김성하가 방패를 앞세운 채로 오크들과 들소가 있는 방향으로 빠르게 내달렸다.

오크들의 관심이 김성하에게 쏠려있던 순간, 맨 앞에 선 오크의 가슴팍에 세 사람의 공격이 동시다발적으로 꽂

혀들었다.

푹-푸부북-!

맨 앞에 선 오크가 제자리에서 춤을 추듯 경련하다가 피를 뿜어내며 그 자리에 곤두박질쳤다.

빠르게 달려든 이계들소가 김성하의 방패를 들이받았다. 김성하는 밀려날 듯 밀려나지 않으며 제 자리에서 힘겨루기를 시작했다. 비등비등해 보이던 것은 착각이었는지, 금세 김성하가 조금씩 들소를 밀어내는 모습을 보이고 있었다.

이계들소에 비해 속도 면에서 뒤쳐져도 한참이 뒤처지는 오크들은 부랴부랴 김성하를 향해 달려들고 있었지만, 그 마저도 김성하의 뒤에 주둔하고 있던 원거리딜러들의 공격에 의해 저지되고 있었다.

거지 꼴이 되어 김성하 근처에 다다른다고 해도, 검투사 김배균의 공격을 피할 수는 없었다.

분명 갑작스럽게 진행된 전투임에도 불구하고 모두의 손발이 척척 들어맞고 있었다.

최유훈이 시킨 훈련들이 빛을 발하는 순간이었음이 분명했다.

순식간에 네 마리의 오크들이 모두 바닥에 쓰러졌고, 마지막 남은 이계들소 역시 이렇다할 공격 한 번 제대로 가해보지 못한 채로 굉음을 내며 쓰러졌다.

순식간에 전투를 성공적으로 마무리 지은 경묵의 눈앞에 처음 보는 상태창이 나타났다.

[LV.1 -> LV.2]

[한 단계 성장을 이룩하셨습니다!]

[능력치를 배분하시겠습니까?]

[Y/N]

경묵은 침을 한 번 삼키고는 눈앞에 나타난 상태 창을 천천히 읽어 내려가기 시작했다.

아무래도 중급 등급의 몬스터들이다보니 제법 쏠쏠한 경험치를 주는 듯 보였다.

'지금 바로 배분.'

마음속으로 생각을 했을 뿐인데, 상태창이 눈앞에 나타나는 것은 물론, 경묵이 생각하던대로 능력치 배분까지 되었다.

경묵은 망설임 없이 조리에 부여받은 3개의 능력치를 모두 투자하려고 마음먹고 있었다. 그리고 지금 조리 능력치 항목에 3개의 능력치가 모두 분배되었다.

이름 : 임경묵

레벨 : 2 (EXP:12.53%)

칭호 : 초급 강화사 (HP+5)

독서광 (지력 +3 지혜 +3

공격력 : +1 (+1)

마력 : +25 (+24)

HP : 125 (+55)

MP : 480 (+420)

근력 : 12

지력 : 17 (+7)

민첩 : 12

지혜 : 15 (+7)

특수 능력치

조리 : 18

상태 창을 한 번 훑어본 경묵은 만족스럽다는 듯 고개를 한 번 끄덕였다. 조리 능력치가 3이나 증가했다.

조리 능력치를 3만큼 올리기 위해서는 1년이라는 시간을 할애해야 한다는 결론이 도출된 현재로서 잠깐의 사냥을 통해 조리 능력치 3을 얻어낸 것은 1년의 결과물을 얻어낸 셈이나 마찬가지였다.

그리고 경묵은 제법 깨알같은 정보도 2가지를 손에 넣을 수 있었다.

첫 번째는 레벨이 오를 때 마다 HP와 MP가 조금씩 상승한다는 사실. 많은 양은 아니라지만 한 번 레벨이 오를 때 마다 20의 HP와 10의 MP가 상승하고 있었다.

그 결과 자신이 얻은 스킬 [아는 것이 힘이다]가 얼마나 뛰어난 스킬인지에 대해서 다시 한 번 깨달을 수 있었다.

두 번째는 이미 알고 있던 사실이기는 하지만, 직접 배분 가능한 능력치는 3개라지만 한 단계 성장을 이룩할 때마다 오르는 능력치의 총 합은 4라는 점.

기본적으로 한 단계 성장을 이룩하면, 총 3만큼의 능력치를 선택하여 올릴 수 있다. 하지만 1만큼의 능력치가 추가적으로 올라가고 있다는 사실을 알 수 있었다.

전에 각성자 홈페이지에서 보았던 대로, 추가 상승은 상태 창에 나열되어있는 순서대로 되고 있는 듯 보였다.

방금 경묵의 경우에는 근력이 추가적으로 1 상승을 해 보였다.

당장 전투 능력치에 할애해야 하는 것 아닌가 싶은 고민을 하기도 했었는데, 만약 정말 필요한데 상급 던전에서만 얻을 수 있는 식재료가 있다고 하더라도 직접 구하는 선택지만 있는 것은 아니었다.

막말로 구할 수 없는 것이라면 대가를 지불하고 구입을 하면 되는 노릇이니 당장으로서는 전투 능력치를 아쉬워할 상황은 아니라고 생각했다.

또한, 두 번째 사실을 바탕으로 생각해 본다면, 조리 능력치에만 투자를 한다고 하더라도, 각성자 레벨이 오르면 오를수록 미미하게나마 성장을 이룩할 수는 있는 셈이었다.

물론 경묵의 최종적인 목표는 혼자 힘으로도 던전에서 식재료를 얻어낼 수 있을 정도의 강함이었지만, 지금은 조리 능력치에 충실하기로 마음먹었다.

경묵을 제외한 나머지 사람들은 능숙하게 몬스터들의 시체를 뒤지고 있었다. 사실상 몬스터들이 걸치고 있는 모든 옷가지나 무기, 장신구들이 사용이 가능한 아이템이었기에 하나하나 눈여겨보고 있었다.

아이템들은 순서에 따라 하나씩 지급받기로 미리 약속을 해 두었던 터라 나온 아이템들을 모두 한 데에 모아두기 시작했다.

팀원들이 몬스터들의 시체를 뒤지고 있던 때에, 경묵은 인벤토리에서 [+3중급 대장장이의 중화칼]을 꺼내 들었다. 그리고는 입가에 미소를 머금은 채로 바닥에 쓰러진 이계들소를 향해 성큼성큼 걸음을 옮기기 시작했다.

경묵의 본래 목적이었던 '식재료'가 아름다운 자태(?)로 누운 채 경묵을 유혹하고 있었다.

물론 도축경험은 물론이오, 고기 손질도 경험이 아예 없는 경묵이었지만 우선 한 번 부딪혀 보기로 결심한 상태였다.

경묵이 자신의 중화 칼을 이계들소에게 가져다 댄 순간, 또다시 처음 보는 상태창이 나타났다.

['식재료 손질' 스킬을 습득하셨습니다.]

눈앞에 나타난 상태 창에 멈칫 했지만 이내 입가에 미소가 번졌다. 이름만 보더라도 유용한 스킬임이 분명했기 때문이었다. 다만 [아는 것이 힘이다]를 익히던 때와는 다른 상태 창이 눈앞에 나타난 것으로 미루어 보아 히든 스킬은 아닐 것이라 짐작하고 있었다.

경묵은 곧장 스킬 창을 열어 한 번 확인을 해 보았다.

––––––––––––––––––––––––––

[식재료 손질]

던전 내에서 습득한 식재료만 사용 가능.

사용 시, 보다 빠른 속도로 능숙하게 식재료를 손질할 수 있게 된다.

등급 : 일반

습득조건 : 식용으로 사용 가능한 몬스터의 시체에 주방기구를 가져다 대면 습득가능. 혹은 스킬 북으로 습득가능.

––––––––––––––––––––––––––

경묵은 스킬의 습득조건 항목을 반복해서 몇 차례 읽어 보고는 속으로 생각했다.

'오호, 스킬 북으로 익힐 수 있는 스킬이라지만 습득조건을 충족시키면 익힐 수 있는 경우가 있구나.'

백문이 불여일견이라 했던가?

경묵은 우선 사용을 한 번 해보기로 결심했다. 중화 칼을 다시 이계들소의 시체에 가져다대자, 눈 앞에 상태창이 나타났다.

['식재료 손질' 스킬을 사용하시겠습니까?]

경묵이 결정을 내린 순간, 자신의 손이 놀라울 만큼 빠른 속도로 움직이는 것이 보였다.

마치 마장동 축산시장에서 수 십 년을 일해 왔던 사람처럼 무언가에 홀린 듯 손질을 해나가기 시작했다.

숙-슈슈슈숙-

다른 사람이 몸을 조종하는 것 같은 느낌은 아니었다.

마치 원래 늘 꾸준히 해왔던 행동을 하는 것처럼 자연스럽게, 그리고 본인도 놀랄 만큼 빠른 속도로 모든 작업이 이루어지고 있었다.

1분이나 걸렸을까?

순식간에 거대한 이계들소 한 마리를 손질해내는데 성공했고, 팀원들은 그런 경묵의 모습을 입을 쩍 벌린 채 놀란 눈으로 바라보고 있었다.

비록 던전 경험에 있어서는 앞서는 이들이라지만 경묵이 얻은 스킬에 대해서는 들어본 바가 없으니 놀라지 않는 것이 오히려 이상한 것이었다.

경묵은 중화 칼을 쥔 오른손을 넋이 나간 채로 바라보다가 이계들소를 다시 내려다보았다.

바닥에는 이계들소의 머리만이 남아있었고, 다른 부위들은 흔적도 없이 사라져있었다.

'어라?'

갑작스레 사라진 이계들소 탓에 느낀 당혹감도 잠시.

혹시나 하는 마음에 경묵이 인벤토리를 열어보았을 때는, 정말이지 놀라지 않을 수 없었다.

인벤토리 안에 한 칸 한 칸 들어서 있는 못 보던 아이템들.

이계들소가 경묵의 인벤토리 안에 부위별로 깔끔하게 정리가 되어 있었다.

양지, 사태, 등심, 안심, 갈비, 채끝살, 우둔살, 홍두깨살, 다리살, 대접살, 쇠꼬리까지 들어서 있었으니, 평범한 소와 같이 뼈를 이용해 국물을 진하게 우려내 사골처럼 먹을 수도 있는 모양이었다.

재빠르게 손질을 해주는 것은 물론, 자동으로 인벤토리 안에 부위별로 정리까지 해준다?

다른 이들에게는 몰라도 경묵에게 만큼은 말 그대로 꿀 같은 스킬이 아닐 수 없었다.

조리를 해서 맛을 보는 데에는 무리가 있었지만, 그렇다고 해서 맛볼 수 있는 방법이 없는 것은 아니었다.

'육사시미.'

경묵은 생각만으로도 입 안에 잔뜩 고인 침을 한 번 삼켰다.

경묵이 가장 좋아하는 술 안주중 하나이자, 상당히 고가의 가격을 자랑하는 음식이라지만 눈앞에 방금 손질한 소의 '우둔살'이 있지 않은가?

소고기에 대한 방대한 지식이 있는 것은 아니라지만, 적어도 육회와 육사시미를 뒷다리의 우둔살과 앞다리의 꾸리살로 한 다는 것은 알고 있었다.

사후 경직이 오기도 전에 손질을 해서 인벤토리 안에 넣었으니, 고기의 신선도는 가히 최고라 할 수 있는 수준일 것이 분명했다.

경묵은 질 줄 모르는 웃음을 잔뜩 머금은 채 손에 쥔 중화 칼을 빙글빙글 돌려가며 손을 풀고 있었다.

팀원들이 몬스터들의 시체에서 거두어들인 아이템들을 한 데 모을 동안 경묵은 우둔살과 포장용기를 인벤토리에서 꺼내서는, 결을 따라 천천히 썰어내서 옮겨 닮기 시작했다.

스으윽—

부드럽게 썰리는 붉은 살결을 보면 볼수록 기분이 좋아지는 것이 느껴졌다.

한 장, 한 장을 신속하고 부드럽게 썰어내서는 먹기 좋게 두기 시작했다.

썰어나가면 썰어나갈수록 경묵의 입가에 웃음이 지어졌다.

"크흐흐!"

웃음을 삼켜내려고 안간힘을 써도, 자꾸만 웃음이 새어 나오고 있었다.

한 마리에 딱 한 근 정도의 양만 나오는 귀하디 귀한 우둔살을 모두 썰어내서 포장용기 위에 담아내고 나니 가히 진풍경이 아닐 수 없었다.

'소주 한 잔만 있으면 정말 딱인데!'

경묵은 아쉬움을 뒤로 한 채, 먼저 한 점을 집어서는 입 안에 넣어 보았다.

몇 번 오물오물 씹어내기도 전에 녹아내리듯 입 안에서 자취를 감춘 것 같은 부드러운 맛.

이건 분명, 경묵이 살면서 한 번도 맛보지 못한 부드러 움이었다.

입 안에서 얇게 썰린 우둔살이 사라지기 직전, 경묵은 다시 한 점을 집어 들어 다시 입 안에 쏙 넣었다. 또 몇 번 오물오물 씹어대기도 전에 입 안에서 사르르 녹듯 사라져 버린 우둔살.

경묵은 속으로 쾌재를 부르고 있었다.

'성공이다!'

이후 경묵은 잽싼 손짓으로 팀원들을 불렀다. 마음만 같아서는 던전 내 안전수칙이고 나발이고 큰 소리로 맛들 좀 보시라고 소리를 꽥꽥 질러대고 싶었지만 참아야만 했다.

입가에 미소를 잔뜩 머금은 채 손짓을 해 보이는 경묵을 바라본 팀원들이 재빠르게 경묵의 주위에 모여섰다.

그리고는 한 점씩 집어 들어 자신들의 입 안에 넣은 순간.

모두가 놀람을 감추지 못한 표정으로 경묵을 바라보고는 재빠르게 한 점씩 더 집어 들고는 다시 입 안에 넣었다. 한 번 맛을 보고 나니 의욕에 불타오를 수밖에 없었다.

오크들에게 얻은 아이템들은 경묵의 안중에도 없었다. 자고로 최고의 요리사는 최악의 재료로도 최고의 요리를 해보일 수 있어야만 한다지만, 만약 최고의 요리사에게 최고의 재료가 있다면?

경묵은 투지에 불타는 눈으로 발길을 옮길 울창한 나무 숲 안을 바라보며 중화 칼을 꽉 쥐었다.

'내 몸소 너희들을 조리해주마!'

그 순간에도 포장용기 위에 가지런히 놓인 이계들소의 우둔살로 썰어낸 육사시미는 게 눈 감추듯 빠르게 사라져 가고 있었다.

❀

이계들소의 우둔살로 간단히 요기를 한(?) 초급1팀은 곧장 이동을 강행했고, 어느덧 던전의 중후반부에 이르러 있었다.

예정대로라면 마지막 한 번의 전투만이 남아있는 상황.

바로 이 중급 던전의 주인 격인 '오크 로드'와의 마지막 전투만이 남아있는 상황이었다.

이미 수차례 크고 작은 전투들을 겪은 터라 팀원들의 평균 레벨이 대폭 상승해 있었다.

물론, 경묵의 각성자 레벨도 예외는 아니었다. 크고 작은 전투를 치루고 나니 어느덧 경묵의 각성자 레벨은 5에 이르러 있었다. 물론 배분 가능한 능력치를 부여 받는 족족, 모두 조리 능력치에 몰아넣고 있었다. 그 덕분에 경묵의 조리 능력치는 무려 '28'.

경묵 스스로는 모르고 있었지만, 정규적인 교육을 받은 후 실전경력을 10년 가까이 쌓은 요리사들보다 미약하게나마 높은 수치를 지니게 된 것이다. 정말 신기한 것은 조리 능력치를 하나하나 올릴 때마다, 조리에 대한 기본 상식부터 세세한 기술적인 부분까지 지식이 샘솟는 듯 머릿속에 맴돌았다. 또한, 경묵의 인벤토리 안에는 붉은 빛을 뿜내는 잘 손질된 이계들소가 부위별로 나뉘어져 깔끔하게 정리되어 있었다. 무려 4마리나 되는 이계들소가 경묵의 인벤토리 안에 가지런히 정리되어 있었다. 보는 것만으로도 웃음이 새어나오는 것이 행복이란 게 이런 건가 싶을 정도였다.

"크흐흐…!"

경묵은 다시 한 번 새어나오는 웃음을 간신히 참아냈다. 아직 치러야할 마지막 전투가 남아있었으니 긴장의 끈을 놓을 수 없는 노릇이었다.

마지막 전투에 앞서 꼭 해야 할 일이 하나 남아있었다. 그것은 다름 아닌 '식사'.

경묵의 인벤토리에는 손질된 이계들소 뿐 아니라 포장용기에 잘 담아낸 버프효과를 내는 음식들이 있었다.

경묵이 선두에 선 김성하의 귓가에 대고 속삭이듯 말했다.

"이쯤에서 식사를 한 번 하는 것이 어떨까요?"

언뜻 식사라는 단어를 엿들은 팀원들의 표정이 밝게 변했다. 아무래도 다들 피로를 비롯한 체력적인 면에서 지쳤다기보다는 허기에 지쳐있었던 듯 보였다.

편히 앉을 수 있는 자리를 찾아내 털썩 주저앉은 초급1팀은 어미 새를 바라보는 아기 새의 눈으로 경묵을 뚫어져라 바라보고 있었다. 다들 경묵이 인벤토리에서 꺼내는 포장용기에서 눈을 떼지 못하고 있었다.

포장용기 뚜껑에는 누구를 위한 버프가 걸려있는지 적혀있었다.

모두가 자신 몫의 포장용기를 지급받은 후에 뚜껑을 열자 안에 담긴 내용물이 눈에 들어왔다.

볶음밥.

볶음밥 중에서도 사천 볶음밥이었다. 고추기름을 조금 머금은 듯 고슬고슬한 붉은색 밥알 사이로 듬성듬성 계란이 보였다. 밥을 볶아내는 과정에서 잘 풀어둔 계란물을 함께 볶아냈음에도 불구하고 어디 하나 탄 곳이 없었다.

경묵이 조리한 사천 볶음밥은 척 보기에도 제법 매콤하게 생긴 것은 물론, 생긴 대로 자극적인 향을 풍기며 코끝은 간질였다. 그 외 살짝 다져넣은 파, 통통한 새우, 칼집을 내서 먹기 좋게 썰어둔 오징어를 비롯한 몇몇 해산물들도 눈에 들어왔다. 재료를 아끼지 않은 듯 듬뿍 들어간 큼직큼직한 해산물들이 보는 이의 허기를 배가시켰다.

'맛있겠다.'

정말이지 보고 있는 것만으로 입안에 침이 고일 지경이었다. 평소 다이어트 때문에 기름진 음식을 멀리하는 이지원이었지만, 고슬고슬 해 보이는 밥알 위로 모락모락 올라오는 김을 보고 있자니, 한 입 크게 떠서 입 안에 넣지 않고는 못 배길 것만 같았다.

이지원은 헛기침을 몇 번하고, 입 안에 고인 침을 삼켜냈다. 그리고는, 포장용기와 함께 받은 플라스틱 수저로 볶음밥을 크게 한 술 떠서는 입 안에 넣었다.

밥알을 오물조물 씹다 보니, 자연스레 고추기름의 향이 느껴졌다. 잘게 다져진 해물과 야채는 향긋한 불내를 그대로 머금고 있었다. 다시금 볶음밥을 한술 떠서는, 그 위에 탱탱하게 살이 오른 새우를 하나 올려 다시 입 안에 넣었다.

이지원은 눈이 휘둥그레져서는 경묵을 바라보며 속삭이듯 말했다.

"이거 팔면 정말 대박이겠는데요?"

이우는 이지원을 바라보며 고개를 한 번 젓고는 작은 목소리로 말했다.

"당연하지, 애가 입술 뻘개져서 실언을 하네. 경묵씨는 프로야! 전문가! 프로페셔널! 알아?"

김성하의 이마에는 땀방울이 맺혀있었다. 생김새와 다르게 매운 음식을 잘 먹지 못하는 듯 보였다. 김성하가 자신의 이마에 송골송골 맺힌 땀을 한 번 훔쳐내고는 입을 뗐다.

"정말 맛있습니다. 그리고 버프 효과를 담아낼 수 있다는 것도 참 좋은 것 같습니다. 다만, 조금 걱정스러운 사항이 하나 있습니다."

경묵이 걱정스러운 표정을 지어보이자 김성하가 곧장 말을이었다.

"다름이 아니라, 오크야 후각이 둔감한 몬스터라 상관이 없다지만 다른 몬스터들 같은 경우에는 인간에 비해 압도적인 후각을 갖고 있는 경우가 태반인지라 음식냄새를 맡고나면 위치를 발각당하는 것은 순식간일 겁니다."

틀린 말은 아니었다. 후각이 발달한 정도를 넘어서서 민감한 정도 수준에 이르는 몬스터들이 수 없이 많은데, 강한 향을 풍기는 음식으로 이목을 끄는 것은 스스로 무덤을 파는 행위나 마찬가지였다.

다만, 경묵의 머릿속에는 조금 다른 생각이 떠올랐다.

어쩌면 디버프 효과를 내는 음식을 조리하여, 강한 향 신료로 몬스터들을 유인한다면?

아직 디버프 스킬이 없는 관계로 상상에서 그쳐야하는 일이지만, 번거롭기야 해도 썩 나쁜 생각은 아닌 것 같았다.

그리고 버프 효과를 내주는 음식과 함께 디버프 효과를 내주는 음식을 함께 판매한다면?

어쩌면 판매 수익을 충분히 기대해볼만한 가치가 있는 음식이었다.

금강산도 식후경이라 하였던가?

그런 사사로운 고민들을 자신이 조리한 사천볶음밥을 크게 한 술 떠서 입 안에 넣음과 동시에 잠시 접어두었다.

'우선 허기부터 달래자.'

물론, 버프효과 덕분이겠지만 경묵을 비롯한 초급1팀의 팀원들은 식사를 마치고 나니 몸이 훨씬 괜찮아진 것 같은 느낌을 받고 있기도 했다.

초급1팀은 다시금 천천히 걸음을 옮기기 시작했다.

던전 공략에 있어서 핵심적인 보상은 일반 몬스터들보다 대장급 몬스터에 있었다.

사실상 일반 몬스터들에게서 얻을 수 있는 아이템으로 한 몫 챙기기에는 무리가 있다고 해도 과언이 아니었다. 괴짜가 아니고서야 오크가 입던 쉰내나는 가죽바지 같은 것을 벗겨서 챙기지는 않을 테니 말이다.

물론 일반 몬스터들의 시체에서도 '이계금화' 라 불리는 금화를 얻을 수는 있었다. 이계금화 또한 일반 금 보다 훨씬 높은 가격에 거래가 되기는 하였으나, 각성자들의 제대로 된 수입원은 따로 있었다. 바로 중급 이상의 몬스터들에게서 일정 확률로 얻을 수 있는 '이계 마정석' 이었다.

이계 마정석은 석유나 석탄 등의 에너지원을 대체할 수 있는 힘을 지니고 있음은 물론, 신약의 주요 재료로도 많이 쓰이고 있었다. 실제로 눈에 띄게 노화를 늦춰주는 효과와 더불어 만병통치약이라는 칭호를 얻은 약재중 하나였다.

덕분에 대부분의 각성자들은 젊은 모습을 유지하고 있었다. 때문에 각성자들 사이에서는 외모를 기반으로 하여 함부로 나이를 가늠하지 않는 암묵적인 룰이 존재할 정도였다.

각설하고, 중급 던전의 최종 보스 격인 '오크로드' 라면 이계 마정석 또한 제법 기대해볼 법도 했다.

이계 금화 같은 경우에는 팀원들이 균등하게 나누는 것이 원칙인 반면, 이계 마정석 같은 경우에는 길드에서 판매 해주는 것을 원칙으로 하고 있었다. 개인 간의 거래루트가 공식적으로 알려져 있지 않기 때문이기도 했고, 사실상 길드들의 핵심적인 수입원 중 하나가 거래 수수료이기도 했기 때문에 길드 가입 계약서에 명시되어있는 부분이기도 했는데, 마정석 습득 후 길드에 보고 및 판매 위탁을 맡기지 않을 경우 몇 배의 위약금은 물론 추방을 면할수 없다는 것은 대부분의 길드에서 공통적으로 적용하고있는 규칙 중 하나였다. 물론 상위 등급으로 올라가면 올라갈수록 (마정석 습득 확률이 높아지면 높아질수록) 길드 측에서 떼어 가는 판매 수수료는 줄어들었고 혜택은늘어나는 것이 정석이었다. 그 다음 길드 측에서 일정의판매 수수료를 뗀 만큼의 금액이 균등하게 팀원들에게 지급되는 형식이었다. 그리고 사실상 경묵이 빠른 성장을이룩하고 있는 것은 단순히 가장 낮은 레벨이었기 때문이아니었다.

또한 경묵은 자신이 팀원 중 가장 많은 양의 GEM을 벌어들였다는 사실을 모르고 있었다.

경험치는 물론 GEM이라는 것은 처치에 기여를 해야만지급이 되는 형식이었는데, 전투형 각성자들은 모든 몬스터들의 처치에 기여를 할 수 없는 반면 경묵은 버프를 걸어줌으로 인해서 모든 전투에 기여를 한 효과를 보고 있었다. 덕분에 경험치는 물론, 가장 많은 GEM을 습득한 것도 경묵이었지만 정작 본인은 물론 다른 팀원들도 짐작조차 하지 못하고 있는 실정이었다.

초급1팀은 얼마 걸음을 옮기지 않아서 오크로드의 움막 앞에 다다랐다.

입구를 지키고 있는 보초 둘과 움막 안에 있을 오크로드까지 합한다면 적의 머릿수는 총 셋. 숫자로만 따져본다면 절대 많은 수의 적은 아니었지만, 오크로드의 전투력이 미지수인 점을 감안한다면 결코 방심해서는 안 되는 상황이었다.

긴장의 끈을 놓지 않은 채, 경묵의 버프가 초급1팀의 선공을 알렸다.

경묵의 버프스킬 시전이 끝나자마자, 우선적으로 원거리 딜러 3명이 동시다발적으로 보초 하나에게 기습을 가했고 이렇다 할 저항 한 번 제대로 해보지 못한 녀석이 바닥에 고꾸라졌다. 그러자, 남은 한 마리의 오크 보초병이 괴성을 질러대며 공격이 날아든 방향으로 달려들기 시작했다.

"크엑-! 취익! 크엑!"

그 바람에 안에 있던 '오크로드'도 움막 밖으로 모습을 드러내고 상황을 파악하기 위해 힘쓰는 듯 보였다.

키가 3m는 되 보이는 육중한 몸에 오밀조밀하게 자리 잡은 근육들로 미루어보아 공격에 스치기만 하더라도 몸이 무사하지는 못할 것만 같았다.

오크로드의 가세에 힘입은 보초병은 더욱 투지를 불태우며 초급1팀을 향해 달려들었다. 물론, 애석하게도 무턱대고 달려드는 오크 한 마리는 초급1팀의 상대가 되지 못했다.

순식간에 바닥에 쓰러진 자신의 부하들을 보고 분개한 오크로드가 괴성을 질러대며 자신의 가슴팍을 두드렸다.

"크아! 크오오오!"

이윽고, 오크로드는 날의 크기만 성인 남성의 상반신만 한 도끼를 오른손에 거머쥔 채로 빠른 속도로 초급1팀을 향해 달려들기 시작했다.

달려드는 오크로드를 뚫어져라 쳐다보던 김성하는 무언가 결단을 내린 듯, 팀원들에게서 떨어져 반대 방향으로 내달리더니 한 번 크게 소리를 내질렀다.

"으아!"

방패잡이의 고유 스킬인 [유인]이었다.

오크로드는 무언가에 홀린 듯 이동 궤적을 변경하여 김성하를 향해 내달리기 시작했다.

한 발씩 내딛을 때마다 미세하게나마 땅이 진동하는 듯 느껴졌지만 김성하는 조금도 움츠러드는 기색을 보이지 않았다.

　나머지 팀원들은 이때다 싶은 심정으로 오크로드를 향해 일제히 공격을 퍼붓기 시작했다. 분명 공격이 들어가고 있음에도 불구하고, 오크로드는 김성하와의 거리를 점점 좁혀나가고 있었다.

　이윽고 오크로드의 공격권 안에 김성하가 들어왔을 때, 오크로드는 무엇을 베는 것 보다는 파괴하는 것에 적합해 보이는 도끼를 높이 쳐들었다.

　슈우우우-

　도끼의 무게 때문이라면 무게 때문에라도 결코 들어 올리는 동작이 빠른 것은 아니었지만, 바람을 가르는 소리가 멀찍이 떨어진 다른 팀원들에게도 들릴 정도였다.

　다음 순간, 다시 한 번 바람을 가르는 소리가 울려 퍼진 후에 오크로드의 거대한 도끼와 김성하의 방패가 맞닿았다.

　쾅!

　듣기 거북한 쇳소리를 벗어나서 거의 폭음에 가까운 수준의 소리였다. 김성하는 오크로드의 힘이 제대로 실린 공격을 이겨내지 못하고 손에 쥐고 있던 방패를 놓친 채 뒤로 한참을 나뒹굴어야만 했다. 제법 강한 충격을 받은 것인지 쉽사리 자리에서 일어서지 못하고 있을 때, 오크로드는 다시 한 번 공격을 감행하기 위해 김성하를 향해 빠른 속도로 달려나가기 시작했다.

그 때, 이지원은 조금 더 노련하게 공격을 준비하고 있었다. 한쪽 눈을 감은 채로 신중하게 오크로드를 겨냥하고 있던 이지원의 활을 떠난 화살이 오크로드의 발뒤꿈치를 향해 빠른 속도로 나아가기 시작했다.

푹-!

날카로운 화살촉이 오크로드의 발뒤꿈치를 뚫어내고 나자, 발뒤꿈치에서 느껴지는 대비하지 못한 강렬한 고통에 오크로드가 중심을 잃고 굉음을 내며 바닥에 쓰러졌다.

그 때, 기회를 엿보고 있던 검투사 김배균이 재빠르게 달려 나가 오크로드의 뒷목에 검을 찔러 넣었다.

오크로드는 중상을 입었음에도 불구하고 엎어진 채로 자신의 위에 올라탄 김배균을 떼어내기 위해 한참을 몸부림치기 시작했다.

그 와중에도 초급1팀의 원거리 딜러 3인방은 계속해서 오크로드에게 공격을 가하고 있었다.

"크아아아! 으아아아!"

고통에 몸부림치는 오크로드의 움직임은 더욱 위력적이었다.

김배균은 자신의 검 손잡이를 꽉 쥔 채로 떨어지지 않으려 안간힘을 썼음에도 불구하고 몇 번이나 떨어질 뻔하였다. 그러나 불과 몇 초도 지나지 않아서 그게 생존을 위한 마지막 몸부림이었음을 알 수 있었다.

긴장이 풀린 경묵은 제 자리에 털썩 주저앉아서 숨을 몰아쉬기 시작했다.

눈앞에 레벨이 올랐음을 알리는 상태창이 나타난 덕분에 오크로드의 숨이 끊어졌음을 확신할 수 있었던 것이다.

[LV.5->LV.6]

[한 단계 성장을 이룩하셨습니다!]

이윽고 경묵의 입가에 미소가 번지기 시작했고, 얼마 지나지 않아 너도나도 할 것 없이 모든 팀원들이 밝게 웃고 있었다. 이로써 초급1팀은 성공리에 중급 던전 공략을 마치는 데 성공한 것이다.

그 때, 오크로드의 몸이 밝게 빛나기 시작했다.

오크로드의 시체 옆에 쓰러지듯 누워 웃음을 잔뜩 머금은 채로 가쁜 숨을 몰아쉬던 김배균이 재빠르게 일어나 뒷걸음질을 치기 시작했다.

밝게 빛나던 오크로드의 시체가 점점 밝게 변하더니, 이윽고 눈앞에서 사라졌다.

팀원들이 당황을 감추지 못한 채로 서로의 얼굴만 번갈아가며 빤히 쳐다보던 때에 시체가 있던 자리에 손바닥 크기의 반 정도 되어 보이는 돌 하나가 나타났다.

붉게 빛나는 돌. 분명히 모든 팀원들이 익히 들어 알고 있는 것이었다.

그리고 모두가 처음 보는 것.

'이계 마정석'

이 정도 크기라면 길드에 판매 수수료를 떼어 주고 나서도 개인당 이천 만원 가까이 나눠 가질 수 있는 양이었다. 김성하가 성큼성큼 걸어와 이계 마정석을 집어 들고는 무심한 표정으로 경묵에게 건넸다. 어안이 벙벙해진 경묵이 의아하다는 표정으로 김성하를 바라보기만 하자, 김성하가 재차 마정석을 건네며 말했다.

"받으세요."

"제가 보관하라는 말씀이십니까?"

"아니요, 받으세요."

이우가 팔짱을 낀 채 다가와서는 콧수염을 씰룩거리며 말을 이어나가기 시작했다.

"경묵씨 전에 나한테 그랬잖아, 할머니 건강이 나쁘시다며. 이건 우리끼리 미리 약속한 거니까 마음 편히 받아."

기억을 더듬어보니 전에 분명 이우에게 지나가는 말로 할머니의 병세에 대해 언급한 적이 있었다. 오지랖 넓기로는 둘째가라면 서러운 이우가 팀원들에게 이 사실을 그대로 전했고, 결국 팀원들끼리 만에 하나 마정석을 얻는다면 경묵에게 주기로 미리 약속한 것이었다.

경묵이 쉽사리 받아들지 못하고 머뭇거리자 김배균이

먼저 한 마디 거들었다.

"저는 가족이 아예 없으니, 아픈 가족도 없습니다. 편히 받으십시오."

그러자, 이우와 이지원도 한 마디씩 거들기 시작했다.

"그래, 경묵씨 받아. 뒤탈도 걱정할 필요 없어! 길드에 보고할 때 우리는 마정석 구경도 못했다고 하면 되는 일 이잖아."

"이게 다 우 오빠 오지랖 덕분이에요."

경묵은 괜스레 울컥한 탓에 눈가에 고인 눈물을 재빠르게 한 번 훔쳐내고는 마정석을 받아들었다.

김성하는 어울리지 않게 어색한 어투로 너스레를 떨며 경묵에게 말했다.

아무래도 이우의 영향을 받은 탓인 듯 보였다.

"대신, 우리는 나중에 경묵씨 식당에 밥 먹으러 갔을 때 계산 안 해도 되는 겁니다."

경묵이 고개를 숙인 채 어깨를 들썩이기 시작하자 김성하가 경묵의 어깨에 한 쪽 손을 올려두고는 다독이듯 몇 번 두드려 주었다. 그러자 시동을 걸기라도 한 듯, 경묵의 어깨가 점점 심하게 들썩이기 시작했다. 그 때 문득 던전 안의 햇볕도 참으로 따스하다는 생각이 들었다.

그렇게 초급1팀의 첫 번째 던전 공략이 성공리에 끝을 내렸다.

9장. 이래 봬도 내가 마음만 먹으면

MODERN FANTASY STORY

각성!
북
경
각

각성!

9장. 이래 봬도 내가 마음만 먹으면

북경각

MODERN FANTASY STORY

던전 공략을 마친 초급1팀은 던전에서 나오자마자 길드 건물로 직행했다.

그들은 말 그대로 금의환향을 맞이했다.

사실 중급던전 공략이 이렇게 각광받을 만큼 별일인가 싶을 만도 했지만, 관심이 쏠린 중점적인 요인은 훈련 기간이 몹시 짧았다는 점과, 모든 팀원들이 초급 각성자라는 데에 있었다.

아트리온 측에서는 이들의 업적을 홍보 자료로 이용하기 위해 인터뷰를 진행하기도 했고, 대부분이 부끄러움을 감추지 못하고 멋쩍은 듯 인터뷰에 응했다. 이로써 아트리온 길드의 이미지를 향상 시킬 수 있는 좋은 안건이 하나 탄생한 셈이었다.

물론, 이 사실은 금세 각성자 협회 홈페이지의 정보공유 게시판에도 게시가 되었다.

대부분의 길드가 그러했지만, 아트리온 길드는 유별나게 개인의 움직임에 관여하지 않는 편이었기에 경묵은 이제 푸드트럭 사업에 매진할 예정이었다. 그리고 그런 자신의 의사를 최유훈은 물론, 모든 팀원들에게 전달한 뒤였다. 당연히 자신에게 이계 마정석을 양보해준 것에 대한 감사의 인사 또한 잊지 않았다. 만일 후에 마정석을 빼돌렸다는 사실이 적발된다면 큰 위약금을 물어야 했지만, 발설할 팀원은 없는 탓에 사실상 걸릴 일도 없었을 뿐더러 최유훈도 가담되어 있었다. 최유훈을 포섭한 것은 팀장 김성하가 만일의 사태를 대비해 들어둔 보험이었다. 최유훈이 겉모습과는 달리 정에 약한 타입이라는 것을 간파해낸 덕분이었다.

그런 점을 감안하여 생각해본다면 김성하는 분명 팀의 훌륭한 참모임이 분명했다.

만일 적발이 되더라도 길드마스터와 함께 길드를 세웠던 설립공신이자, 길드마스터의 수 십년지기 친구인 최유훈 정도라면 분명히 사태를 덮어줄 수 있는 정도의 힘이 있는 사람이었다.

만에 하나 수가 뒤틀린다 하더라도 위약금을 대신 지불

해줄 능력 또한 겸비하고 있었다.

어찌 되었든 경묵은 이번 던전 공략을 통해 참으로 많은 것을 얻어낸 셈이었다.

가장 큰 수확은 이계 마정석임이 분명하였지만, 각성자 레벨을 6까지 끌어올리는 데에 성공하였고, 6개의 중급 강화석과 730GEM을 얻을 수 있었다. 잘 손질된 4마리의 이계들소와 우연히 얻게 된 [식재료 손질] 스킬은 덤이었다.

경묵 몫의 이계금화는 길드에서 바로 현금으로 정산하여 경묵의 계좌에 입금을 해주기로 하였다.

경묵은 자신 분량의 인터뷰를 마치자마자, 집을 향해 발걸음을 옮기고 있었다. 버스에 올라 창가자리에 자리를 잡은 채 창밖을 내다보던 경묵이 피식 웃음을 지었다.

'정말 진이 다 빠지네……'

문득, 이번 중급 던전 공략은 참 좋은 경험이었던 것 같다는 생각이 들었다.

초급1팀의 팀원들의 연락처를 모두 받아두었고, 앞으로도 종종 자신이 도움을 줄 수 있는 일이 있다면 줄 생각이었다.

마정석을 선뜻 양보한 팀원들의 모습을 떠올리니 다시금 눈가에 눈물이 차오를 것만 같아 고개를 세게 휘저어 생각을 선회시켰다.

버스에서 내린 경묵은 집으로 돌아가기 전에 자신의 잔고를 확인하기 위해 편의점에 들렀다.

ATM기기 앞에 선 경묵이 주머니를 뒤져 허름한 지갑에서 카드를 꺼내서 투입하고 잔액조회 버튼을 눌렀다. 비밀번호를 입력하고 기계가 카드를 읽는 동안 괜한 기대감에 애꿎은 액정을 손가락으로 톡톡 두드리며 1초가 1분같이 느껴지는 기다림의 시간을 뒤로하고 있었다. 그리고 머지않아 경묵의 눈앞에 놓인 ATM기기 액정에는 경묵이 상상조차 하지 못한 놀라운 숫자가 나타났다.

잔액 : 27,230,016 원

잔고를 확인한 경묵이 놀람을 감추지 못했다.

"허…?!"

그도 그럴 것이 원래 잔고가 이, 삼 만원을 웃돌았으니, 2720만원을 입금 받은 셈이었다.

몇 번을 눈을 비비고 확인을 해보기도 했고, 볼을 꼬집었을 때는 따갑고 아프기만 할 뿐이었다.

'그럼…… 이게 진짜 내 통장잔고라고?'

경묵은 그 자리에서 바로 입출금내역 상세조회를 진행해 보았다.

입금 아트리온 7,200,000 원

입금 아트리온 20,000,000 원

당일 2회에 걸쳐 입금된 금액이 정확히 2720만원이었
다.

그 때, 문득 인터뷰를 마쳤을 때 최유훈이 건넨 말이 떠
올랐다.

'아마 네 몫의 이계 금화 판매비용과는 별도로 길드 측
에서 소정의 특별수당을 입금해 줄 거다.'

경묵의 입가에 아주 진한 미소가 번지기 시작했다.

소정의 특별수당?

2000만원이 소정의 특별수당 이라고?

경묵은 입 꼬리가 귀에 걸리지 않을까 싶을 만큼 환하
게 웃으며 가벼운 발걸음으로 편의점 밖으로 나섰다.

집으로 향하는 발걸음이 너무나 가벼워 날아갈 것만 같
았다. 물론 저 정도 금액과 엇비슷한 마이너스 통장은 가
져본 적이 있었지만 이렇게 많은 잔고를 가져보는 것은
정말이지 태어나서 처음이었다.

"흐하하하하!"

경묵은 실성한 듯 웃으며 집으로 가는 걸음을 재촉했
다. 사실 경묵을 비롯한 초급1팀의 팀원들의 생각과는 다
르게 아트리온 길드측은 1억 이상의 홍보효과를 낼 수 있
게 된 셈이었다.

이번 보도 덕분에 매스컴을 뜨겁게 달굴 수 있음은 물론, 기존 각성자들에게 아트리온 길드를 다시 한 번 알릴 수 있는 계기가 되었고, 정보 공유 게시판에 올림으로 인해서 신규 각성자 대부분을 아트리온 길드로 끌어들일 수 있을 터였다. 그리고 결국 유입된 각성자들이 벌어들인 마정석의 위탁판매를 통해서 길드가 올릴 수 있는 수익이야 무궁무진한 것이나 다름이 없었고, 일반인들에게도 인지도를 상승시킴으로 인해서 외적인 사업에도 크게 기여한 셈이었다.

사실상 초급1팀이 이렇게 손쉽게 중급 던전을 공략할 수 있었던 것은 최유훈의 감독으로서의 기량과 촘촘히 짜인 훈련내용도 한 몫을 했겠지만, 주된 요인은 팀원들이 가지고 있던 잠재성과 전투에 임할 때 발휘되는 센스 덕분이었다. 어찌 되었든 결과적으로 길드와 초급1팀 서로에게 WIN & WIN 인 셈이었다.

결국 경묵이 도착한 시간은 새벽 2시가 넘어서였다.

경묵은 집에 도착하자마자 옷도 벗지 않은 채로 부엌에 섰다. 머그컵 안에 팀원들에게 양보 받은 마정석을 담아 두고는, 단 한 번의 망설임도 없이 그 위에 끓는 물을 부었다.

그리고는 티스푼으로 몇 번 잘 섞어낸 다음 주무시고 계신 할머니를 깨워 건넸다.

늦은 시간이었지만, 한 시라도 빨리 이계 마정석을 녹여낸 물을 드리고 싶은 조바심에 도저히 깨우지 않고 기다릴 수 없는 노릇이었다.

"할머니, 이것 좀 드시고 주무세요."

"응?"

경묵 때문에 잠에서 깨신 할머니는 인상 한 번 구기지 않으시고 경묵이 건넨 컵을 받아들었다. 경묵이 노파심에 말을 덧붙였다.

"뜨거우니까 천천히 드세요."

"이게 뭐야?"

"약이에요, 갑상선암에 특효약이래요."

할머니는 특효약이라는 단어를 듣자, 제법 흥미가 생기셨는지 컵 안에 담긴 기포가 조금씩 올라오는 붉은 액체를 유심히 바라보시다가 천천히 마시기 시작하셨다.

경묵은 할머니께서 컵을 비워내시는 것을 확인하기 전까지 자리를 뜨지 않고 지켜보다가 여쭈어보았다.

"할머니, 좀 어떠세요?"

"몸에 좋은 거긴 한가 본데? 입에 쓰기는 엄청 쓰다 이놈아."

"그런 거 말고, 몸은 좀 어떠세요?"

자신이 방금 마신 약물이 '이계 마정석'을 녹여낸 물이라는 사실을 알 리가 만무한 할머니는 아무리 뛰어난 약이라 해도 약효가 바로 나타날 리 없다고 생각하고 계셨다.

그렇기에 옆에 앉아 묻는 손자가 자신을 생각해주는 마음이 더욱 기특하게만 느껴질 뿐이었다.

경묵이 할머니 곁으로 바짝 다가가서는 한 번 꼭 끌어안자, 할머니는 부끄러우신 듯 말씀하셨다.

"아이고, 얘가 왜 이래? 징그러워 이놈아!"

경묵은 그런 할머니를 더욱 꽉 끌어안으며 작은 소리로 말했다.

"할머니 오래오래 건강하세요."

"정말 얘가 왜 이런대?"

날이 밝고 나서 검진 결과를 받아봐야 정확해지는 일이지만, 아마 곧 할머니의 몸 안에 있던 암세포들이 언제 있었냐는 듯 사라져있을 것이 분명했다.

일단 이계 마정석 덕분에 할머니의 건강에 대한 걱정은 덜어낼 수 있었다.

경묵은 간단히 샤워를 마치고 침대에 누워 정혁과 서은에게 휴대폰 문자 메시지를 보냈다.

[다들 준비 완료? 내일 볼까요?]

그리고는 손에 핸드폰을 꽉 쥔 채로 깊은 잠에 빠졌다. 정말 오랜만에 맞이한 깊고 달콤한 잠이었다.

잠에서 깬 경묵은 습관적으로 휴대폰을 들어 시간을 확인했다.

2시 34분.

한참을 자고 일어난 것 같은데도 불구하고 시간이 10분 정도밖에 지나지 않아있었다.

잠이 덜 깬 채 커튼을 걷어 창밖을 본 후에야 10분이 아니라 12시간 10분을 잠들어 있었음을 알 수 있었다.

창 너머에서 진하게 내리쬐는 햇볕 덕분에 시간을 실감한 경묵이 하품을 크게 한 번 하고나서 기지개를 펴며 자리에서 일어났다.

경묵은 책상 의자에 앉고 나서 눈을 비비며 서은과 정혁에게 온 연락을 확인했다.

[서은씨 : 몇시쯤 볼까요?]

[정혁이형 : 글쎄요? 경묵아 몇 시에 볼래?]

[서은씨 : 뭐야, 자기가 깨워놓고 잠든 거야?]

[정혁이형 : 일어나면 연락하겠죠 뭐…….]

잠이 덜 깬 경묵은 배시시 웃음을 흘리며 천천히 답장을 보내기 시작했다.

[7시쯤 만나서 식사라도 같이 해요. 제가 쏠게요.]

경묵은 핸드폰을 책상 위에 올려두고 씻기 위해 화장실

로 천천히 걸음을 옮겼다.

경묵이 화장실에 들어섰음에도 불구하고 핸드폰 진동
은 멈출 줄을 모르고 있었다.

위이이잉-위이이잉-

[정혁이형 : 웬일이래?!]

[서은씨 : 그럼 지금부터 굶어야겠어요. 아침 괜히 먹
었네.]

❀

경묵은 약속시간보다 한참 이른 시간에 준비를 마치고
집 밖으로 나섰다. 정혁과 서은을 만나기 전에 준비를 하
기 위함이었다.

우선 경묵은 집에서 제법 멀리 떨어져있는 백화점으로
걸음을 옮기고 있었다.

사실 이렇다 할 백화점은 경묵의 집 근처에도 한군데
있었지만, 명품관이 제대로 갖춰져 있기로 소문난 모 백
화점으로 향하고 있었다. 이왕 크게 지출을 할 생각이었
으니, 제대로 된 명품관도 한 번쯤 가보고 싶은 기분에서
였다.

경묵이 백화점으로 향하는 이유는 자신의 지갑 못지않
게 낡은 정혁의 지갑을 눈여겨 봐왔기 때문이었다. 물론,

겸사겸사 자신의 새 지갑도 마련하고자 했다.

처음으로 백화점 명품관 앞에 선 경묵이 침을 한 번 삼켰다. 입구에서부터 인상이 만만치 않은 남자 둘이 지키고 선 모습이 인상 깊었다.

안으로 들어서자, 깔끔한 인상의 남자가 친절하게 경묵을 맞이하기 시작했다.

"안녕하십니까? 손님."

경묵이 어색하게 고갯짓을 해보이자, 남자는 경묵을 위에서부터 아래로 한 번 훑어 내렸다.

대부분의 명품관 직원들이 그렇듯 경묵의 옷차림으로 구매할지 아닐지를 파악하려 한 것이다.

경묵의 복장을 한 번 유심히 관찰한 명품관 직원의 표정이 미묘하게 변했다. 명품관 직원 경력이 어느덧 3년차인 남자는, 적어도 준명품 혹은 프리미엄 브랜드의 의류를 걸치고 있지 않은 손님은 구매 확률이 적다는 가설을 경험을 통해 내려둔 상태였다.

"혹시 찾으시는 품목이 있으신가요?"

"남자 지갑을 보려고 하는데요."

명품관 직원은 점점 성의 없는 어투로 대답을 하기 시작했다. 그런 성의 없는 말투에 일조한 것은 물론 직원의 눈에 들어온 경묵의 옷차림 때문이었다.

경묵은 점차 성의 없어지는 직원의 안내 때문에 기분이

조금 상했는지, 눈살을 찌푸렸다.

'뭐야? 내가 안 살 것 같이 생겼다는 거야 뭐야?'

딱히 갑질을 하고 싶은 생각이 있었던 것은 아니었지
만, 눈에 띄게 불친절한 직원의 태도에 마음이 상한 것은
사실이었다. 명품관 직원이 간단해도 너무 간단하게 안내
를 마치자 경묵은 가장 눈에 들어오는 디자인의 지갑을
가리키며 말했다.

"이걸로 두 개 주세요. 하나는 선물할거라 예쁘게 포장
해주셨으면 좋겠네요."

경묵이 구매의사를 밝히자, 직원은 아주 잠시 경묵을
빤히 바라보다가 갑작스레 친절하게 행동하기 시작했다.
직원의 기준에서는 절대로 구매할 것 같지 않던 경묵이
구매를 확정짓자 상당히 놀란 것이다.

'어라, 뭐야? 안 살 것 같이 생겨가지고, 2개나 사겠다
고?'

물론, 이제 구매 고객이 된 이상 더할 나위 없는 친절을
베풀어야만 했다.

"알겠습니다, 결제는 앞쪽에서 도와드리도록 하겠습니
다."

경묵은 의도적으로 카드 대신 자신의 각성자 라이센스
를 직원에게 건네주었다. 그리고는 뒷짐을 진채로 진열장
을 한 번 더 살피는 여유를 보이고 있었다.

다른 직원이 재빠르게 포장을 하는 동안, 명품관 직원은 경묵이 건넨 카드를 받아들고 계산대 앞으로 향하고 있었다.

그 때, 경묵을 접대한 명품관 직원이 결제를 진행하기 직전 경묵이 건넨 카드를 잠시 바라보았다.

놀랍게도 자신이 손에 쥐고 있는 것은 '각성자 라이센스'였다.

'이럴 수가, 각성자였구나……. 큰일이다…….'

명품관 직원은 놀란 기색을 감추지 못하고 손을 벌벌 떨며 결제를 진행하기 시작했다.

실제로 각성자 라이센스에 신용카드 기능이 있다는 사실을 경묵은 잊고 있었다.

"2개 합 해서 1,647,000원입니다……. 일시불로 해드릴까요?"

경묵은 직원에게 다시금 자신의 카드를 건네며 덤덤한 목소리로 말했다.

"네, 아 그런데 실수로 카드가 아니라 라이센스를 드린 것 같은데……."

멀찍이 떨어진 곳에서 계산과정을 지켜보던 매니저가 직원이 경묵에게 각성자 라이센스를 돌려주는 것을 목격하고는, 사글사글하게 웃으며 다가오기 시작했다.

"고객님, 이용 중 불편하신 사항은 없었는지요?"

명품관 매니저의 행동은 말 그대로 과잉 친절이었다. 사실상 각성자를 단골손님으로 만드는 것 보다 매출에 기여할 수 있는 확실한 부분은 없었다.

경묵은 입가에 미소를 머금은 채로 계산을 진행하고 있는 직원의 얼굴을 한 번 바라보았다. 이 상황에 매니저까지 개입되고 나자 직원은 착잡해 보이는 표정으로 아랫입술을 질근질근 씹어대며 계산을 진행하고 있었다.

불과 몇 분 전 자신이 했던 행동들 때문에 크게 후회하고 있음이 분명해 보였다. 경묵은 입가에 미소를 머금은 채로 매니저를 바라보며 말했다.

"네, 그런데 제가 너무 편한 복장으로 와서 그런 건지, 직원 분이 조금……."

경묵의 말을 들은 매니저의 표정이 미묘하게 굳는 것을 볼 수 있었다. 경묵은 굳이 뒷말을 이어가는 대신, 한 마디를 덧붙이는 것으로 쐐기를 박았다.

"아닙니다……. 다음번에 올 때에는 조금 더 기분 좋게 이용할 수 있으면 좋겠네요."

계산을 마친 경묵은 당당한 걸음으로 매장 밖으로 나섰다. 경묵을 매장 앞까지 배웅을 해준 것으로 모자라 다시 한 번 허리를 굽혀 인사하는 매니저를 뒤로 하고 계속해서 걸음을 옮겼다.

"겉모습만 보고 사람 파악하는 것들은 혼쭐이 나야 한

다니까."

아니나 다를까 경묵이 뒤를 돌아보았을 때, 명품관 매니저는 화가 난 듯 성큼성큼 매장 안으로 들어서고 있었다.

경묵은 속으로 쾌재를 부르며 이번에는 여행사를 향해 걸음을 옮기기 시작했다.

이번에는 할머니 몫의 선물을 구입할 차례였다.

사실 경묵이 알고 있는 할머니의 비밀이 하나 있었다. 할머니께서는 극구 부인하시지만, 경묵은 할머니께서 좋아하시는 할아버지에 대해서도 굉장히 상세하게 알고 있는 상태였다.

성함은 이재국. 경묵이 어릴 적부터 재국이 아저씨라 부르며 곧잘 따르던 동네 아저씨였다.

연세로 미루어 본다면, 아저씨라는 호칭이 조금 무색할지도 모르겠다만 어느 순간 굳혀져버린 아저씨라는 호칭을 계속해서 사용하고 있었다. 원래 근처에 사시던 재국이 아저씨는 몇 해 전, 신림동 반 지하 월세 방으로 이사를 가셨다.

할머니가 해주신 말씀에 따르면 해외로 나간 자식들과 연락이 끊긴 것이 그 이유라 하셨다.

할머니의 도움 덕분에 기초생활수급자 신청을 하시고 아파트 경비 일을 보시며 간간히 생계를 연명해 나가셨었지만 최근에는 그 일자리마저 잃으셨다.

할머니는 그런 재국이 아저씨를 위해 갖은 노력을 하고 계셨다.

예를 들면 반찬을 가져다 드리거나, 청소 일이 끝나면 재국이 아저씨 댁에 들러 청소를 비롯한 집안일을 해결해 주신 다든지 하는 것들이었는데 할머니는 이 모든 행동을 동정심 때문이라고 둘러대셨지만 경묵도 할머니의 본심을 모르는 것은 아니었다.

다만, 이 이야기를 꺼낼 때마다 얼굴을 붉히시며 부인하시는 할머니의 모습이 꼭 소녀처럼 보이기에 계속해서 언급할 뿐이었다.

경묵은 이번 기회에 할머니와 재국이 아저씨를 함께 여행 보내드릴 생각을 하고 있었다.

사실 할머니의 여행에 재국이 아저씨가 끼게 된 이유는 간단했다. 할머니 혼자 가시게 된다면 심심하실 테고, 또 위험하니까. 그리고 함께 가게 되시면 정말 좋아하실 것 같다는 생각이 들었다.

곰곰이 생각해보니 할머니는 봄에 꽃구경을 한번 가신 적도 없으셨고, 그렇다고 해서 여름에 물놀이를 한 번 가신적도 없으셨다. 날이 좋으면 좋은 대로, 나쁘면 나쁜 대로 불편하신 몸을 이끌고 첫 차를 타고 빌딩 청소를 하러 다니시던 할머니를 생각하니 가슴이 찢어질 것 만 같았다.

경묵은 여행사 직원에게 이런저런 상담을 받다보니, 두 분 다 여권이 없으시다는 사실이 적잖이 마음에 걸렸다.

그런 경묵의 생각을 읽었는지 노련한 여행사 직원은 제 주도 여행이 적합할 것 같다는 말과 함께 이런저런 패키 지 상품을 소개해주기 시작했다.

경묵은 아쉽지만 기회는 다음에도 있을 것이라는 생각 에 우선 이번에는 제주도 여행을 시켜드려야겠다고 마음 먹었다.

그 자리에서 단번에 두 사람분의 비행기 티켓을 구입하 고 5박6일간의 숙박시설을 예약해 드리는 데 1,884,000 원을 추가로 지출했다.

제주도 호텔이야 거의 다 바다가 한 눈에 보인다지만, 사진으로 보기에도 상당히 고급스러워 보이는 호텔인지 라 별 아까움 없이 계산을 할 수 있었다.

사실상 제주도 여행에 5박6일이냐 묵을 필요가 있나 생각할 수도 있지만 요양차원에서, 또 할머니의 느린 걸 음을 감안해본다면 이곳저곳을 둘러보는데 제법 많은 시 간이 걸릴 것 같다는 생각이 든 탓에 과감하게 5박6일로 결정을 내린 것이었다.

객실은 한 개였다. 객실 안에 침대는 두 개가 있는 넓직 한 방이었지만, 여행지에 도착하고 나서 객실이 하나라는 사실을 알게 된 후 부끄러워하실 할머니의 모습을 떠올려

보니 괜스레 웃음이 터져 나왔다.

"크흐흐흐…"

이럴 때 보면 경묵 역시 영락없는 개구쟁이었다.

재국이 아저씨와 관련된 이야기만 나오면 소녀처럼 얼굴을 붉히시는 할머니 생각에 한 번 터져나온 웃음이 쉽게 잦아들지 않았다.

경묵은 여행사 직원의 의구심 잔뜩 실린 눈초리를 느끼고 나서야, 목소리를 한 번 가다듬고 나서 진지한 목소리로 물었다.

"서비스로 조식도 조금 해결해주시면 안되겠습니까?"

"네?"

"농담입니다."

가벼운 발걸음으로 여행사를 나온 경묵은 곧장 근처에 있는 은행으로 향했다.

경묵이 가장 학수고대하던 중요한 볼일이 한 가지 남아 있기도 했고, 그것과 별개로 제법 많은 돈을 쓴 것 같아 잔액을 확인해 보고 싶기도 했다.

경묵은 길게 늘어선 ATM기기 줄의 맨 뒤에 서서 팔짱을 낀 채 천천히 자신의 차례를 기다렸다.

잔액 : 23,699,016 원.

분명히 제법 많은 돈을 쓴 것이 분명했음에도 불구하고 계좌 안에는 제법 많은 돈이 남아있었다. 물론 가장 큰 마지막 지출이 남아있는 상황이었다. 일전에 정혁에게 빌린 천만 원을 돌려주는 것 이었는데, 이왕이면 폼 나게 돌려주고 싶은 마음에 어떤 방법이 있을지 곰곰이 생각해보기 시작했다.

"아! 그렇지!"

경묵이 떠올린 방법은 단순했지만, 어쩌면 정혁을 최고로 놀라게 해줄 수 있는 방법이었다.

우선 경묵은 그 자리에서 곧장 1100만원을 출금하기 시작했다. 경묵은 자신이 손에 쥐고 있는 수표와 오만 원짜리 지폐가 여전히 낯설게만 느껴졌다. 수표와 현금을 섞어 출금을 마친 경묵은 정혁을 주려 구입한 지갑이 포장된 박스를 꺼내서 뜯기 시작했다.

이윽고, 경묵은 세련된 디자인의 명품 지갑 안에 출금한 오만 원 권 지폐와 발급받은 수표를 모두 넣기 시작했다.

선물할 지갑 안에 자신이 빌렸던 돈 천만 원을 넣어둔 채로 돌려줄 생각이었다.

추가적으로 넣어둔 100만원은 당시 한 치의 망설임도 없이 제법 큰돈을 빌려주고 생색한 번 내지 않은 정혁의 호의에 대한 자신의 성의였다. 금세 뚱뚱해진 지갑을 바라보며 한 번 흡족한 듯 미소를 지어보인 경묵은 무려 1100만원이 담긴 지갑을 다시 박스 안에 넣어두었다.

이로써 경묵의 계좌 안에 남은 돈은 12,699,016 원. 이전의 경묵이었다면 상상조차 하지 못했을 큰 지출들을 연달아 했음에도 불구하고, 아직 천만 원이 넘는 돈이 경묵의 계좌 안에 남아 있다는 사실이 너무도 신기하게만 느껴졌다.

준비를 마친 경묵이 시간을 한 번 확인했다.

5시 50분.

어느덧 만나기로 약속된 시간이 겨우 한 시간 남짓 밖에 남아있지 않았다.

경묵은 재빠르게 할머니의 통장에 200만원을 입금 해드린 후, 은행 밖으로 걸음을 옮기기 시작했다.

아직 서은 몫의 선물은 구입하지 않았지만, 경묵은 집으로 걸음을 옮기기 시작했다.

돈이라면 아쉬울 게 없는 서은에게는 조금 다른 종류의 선물을 하고 싶다는 생각이 들었다. 사실 선물이라 하기에는 조금 그렇지만, 기회를 엿보다가 데이트 신청을 한 번 해볼 생각이었다.

본인도 모르는 사이에 입가에 짙은 미소가 떠올랐다.

"큼, 흠….흠…."

갑작스레 낯이 뜨거워지는 바람에 괜히 헛기침을 하며 생각을 선회시킨 경묵의 시선이 향한 곳은 은행 앞 도로가에 길게 줄을 선 채 손님을 기다리고 있는 택시들이었다.

'오늘은 나도 기분 좀 내볼까?'

전 같았으면 택시는 거들떠도 보지 않고 버스정류장을
향해 터벅터벅 걸음을 옮겼을 경묵이었다. 그러나 어차피
잘 생각해보면 불과 몇 시간 만에 지난 몇 년간 만져보는
것은 물론 만지는 상상조차 하지 못하던 액수의 돈을 쓰
고 난 참이었다. 그러니 집까지 가는 택시비 몇 천원쯤 더
쓴다고 해도 크게 문제될 것은 없다는 생각이 들었다. 쉽
게 얻은 돈이라 너무 쉽게 쓰는 것은 아닌가 싶은 불안감
을 느끼기도 했지만, 지금껏 입은 은혜에 보답한다는 생
각을 하니 기분이 끝없이 좋아졌다.

택시에 몸을 실은 경묵이 뒷자리에 마음 편히 앉아 창
밖을 하염없이 바라보다보니, 전에 정혁에게 들었던 말이
머릿속을 맴돌았다.

'돈이 사람을 행복하게 해주지는 않는다. 그래도 자동
차 운전대에 머리를 박은 채 우는 게 자전거 위에 앉아서
우는 것 보다는 덜 비참하다.'

돈.

그간 경묵은 단 한 번도 돈에 욕심을 내 본 적이 없었
다. 매달 통장에 들어오는 월급의 반 이상을 융자대출금
을 갚는데 써야만 했다. 물론 불과 몇 달 전까지만 하더라
도 다달이 갚아 나가던 대출금은 경묵이 구경 한 번 해본
적이 없는 돈이었다. 그렇기에 써본 적도 없는 자신의 처

지가 억울하다고 생각했던 적도 있었고, 비관했던 적도 분명히 있기야 했지만, 그렇다고 해서 돈이 없던 때의 자신을 불행하다고만 여겼던 것은 또 아니었다.

곰곰이 생각해보면 그 때에도 분명 그 때였기 때문에 느낄 수 있었던 행복이 있었다. 그렇다고 해서 돈을 멀리하고자 하는 무소유 사상의 소유자는 아니었고 또, 그렇다고 해서 돈을 간절히 원했던 것도 아니었다.

그러나 중요한 사실은 돈으로 인해 주변사람을 조금은 기분 좋게 해줄 수 있는 방법도 존재한다는 것 이었고, 베풀고 있는 자신 역시 행복을 느끼고 있다는 사실을 깨달았다.

이윽고 경묵은 하염없이 창밖으로만 향하던 자신의 시선을 거두어들인 후 고개를 떨어트려 한 손에 꽉 쥐고 있는 쇼핑백을 바라보았다. 상당히 귀품 있어 보이는 금색 로고가 새겨져 있는 코팅된 종이 쇼핑백. 갑작스레 명품은 담아주는 쇼핑백부터가 남다른 것 같다는 생각이 들었다.

'돈이라……. 확실히 많으면 좋을 것 같기는 하네…….'

쇼핑백을 하염없이 바라보던 경묵은 무언가 큰 결심이라도 한 것인지 결의의 찬 눈으로 고개를 천천히 끄덕였다.

'그래, 나도 돈 한 번 모아보자.'

원래 경묵은 크게 욕심 없이 생각하고 있었다. 사실상 각성을 하고난 이후에도 경묵의 가치관에 큰 변화가 찾아오거나 하지는 않았었다. 단순하게만 생각하고 있었다. 만약 자신이 하고 싶은 일을 하는데 돈이 따라오는 것을 마다하지는 않겠다고만 생각했다.

그러나 이제는 달랐다.

돈도 한 번 열심히 모아보고 싶다는 생각이 들었고, 부를 축척해서 자신과 주변 사람들의 행복을 위해 힘 써보리라고 마음먹었다. 물론, 자신이 가장 하고 싶은 일인 요리를 하면서.

이제 조금은 자신의 행복을 위해 욕심내보겠다고 단단히 마음먹었다.

경묵은 창문을 살짝 열고 자신의 얼굴 근처를 아른거리는 바람을 만끽하며 천천히 눈을 감았다.

마음이 가벼웠다.

❀

얼마 지나지 않아, 택시는 집 앞에서 멈춰 섰다. 경묵이 집에 돌아오자마자, 할머니는 격양된 목소리로 경묵을 불렀다.

"경묵아!"

경묵은 할머니의 밝은 표정을 보자마자 어떤 말이 나올지 알 수 있었다. 그리고 머지않아 경묵의 예상이 그대로 적중했음을 알 수 있었다.

오늘도 어김없이 병원에 들러 검진을 받아본 결과, 놀랍게도 암세포가 사라졌다는 의사의 소견을 들으셨다고 한다.

담당 의사가 '이계 마정석'에 대한 언급을 한 것 같기는 한데, 할머니는 본인은 아무것도 모르고 새벽에 손자 녀석이 준 약물을 마셨다고만 대답하셨다고 했다.

암세포가 아예 사라진 것과는 별개로 할머니의 혈색이 상당히 보기 좋아진 것은 물론, 얼굴에 있던 주름도 조금 사라진 것 같다는 생각이 들 정도였다. 더군다나 희끗하던 머리칼은 눈에 띄게 줄어들고, 검은 머리가 나 있었다.

"살다보니 별 일이 다 있구나."

"다행이에요 할머니. 거 봐요, 제가 뭐라고 했어요? 갑상선 암은 암도 아니라고 했었죠?"

말을 마친 경묵은 입가에 미소를 한 번 지어보이고 나서 할머니를 슬쩍 떠보았다.

"할머니, 제주도 어때요?"

"제주도? 멀지. 뭐가 어때?"

할머니는 무심하게 대답하시면서도 은근 기대감을 품

으신 듯 경묵을 뚫어져라 바라보고 있었다.

"사실 제가 이걸 가지고 있거든요."

경묵은 그제야 자신의 외투 안주머니에서 여행사에서 지급받은 제주도행 비행기 표를 꺼내 들어 보였다. 할머니는 경묵이 손에 쥐고 있는 티켓을 가늘게 뜬 눈으로 한참동안 바라보시다가 격양된 목소리로 물으셨다.

"경묵아, 그거 혹시 제주도 가는 표야?"

"네, 할머니 맞아요."

경묵은 할머니께 비행기 표 2장을 건네며 말했다.

"하나는 할머니 거고, 하나는 재국이 아저씨 거예요."

"뭐? 재국이? 신림동 재국이 거라고?"

할머니가 크게 놀란 듯 재차 되묻자, 경묵은 덤덤하게 말을 이어나갔다.

"혼자 좋은 구경하시고 좋은 음식 드시면 재국이 아저씨 섭섭해 하세요. 혼자 가져봤자 심심하실 걸요?"

다음 순간 떨리는 손으로 비행기 표를 받아 드신 할머니는 울음을 참고 계신 것인지, 고개를 숙인 채 어깨를 살짝살짝 들썩이시며 힘겹게 말을 이어가셨다.

"아이고, 우리 손자. 아직도 개구쟁이인줄 알았는데, 언제 이렇게 컸어? 응? 대체 언제 이렇게 컸어?"

경묵은 할머니의 주름 가득한 손을 양 손으로 꽉 쥐며 잔뜩 너스레를 떨며 답했다.

"우리 여사님. 그간 못난 손자 키워내시느라, 고생 많으셨으니 이제 조금 편안하게 지내셔도 됩니다."

경묵은 침착하게 지갑 안에 든 할머니 몫의 현금까지 꺼내어 건네 드리며 말을 이어나갔다.

"할머니 계좌로 여행 경비도 조금 입금해 드렸어요."

경묵의 말을 들은 할머니는 미안해하시며 대답하셨다.

"아이고, 내가 주지는 못할망정 받기만 하니⋯⋯."

할머니께서 입금된 금액을 모르셨으니 망정이니, 만약 금액까지 아셨다면 어떻게든 마다하려 하셨을 것이 분명했다.

"마음 같아서는 저도 같이 놀러가고 싶은데, 준비하고 있는 일이 있어서요. 죄송해요, 다음번에는 꼭 같이 가요."

제 앞가림도 못하던 것이 엊그제 같은데도 불구하고 어느새 이렇게 장성을 한 것인지, 앞에 앉은 장정이 본인이 업어 키운 손자가 맞나 싶을 정도로 시간이 무색하게만 느껴졌다.

할머니는 이렇게나 어른스러워진 경묵을 바라보고 있자니 참으로 듬직할 뿐이었다.

"효자다, 효자야. 우리 경묵이가 참 효자야⋯⋯. "

"보내드린 돈이 많지는 않지만, 그래도 여행 가셔서 만큼은 드시고 싶으신 것 다 드시고 갖고 싶으신 것 다 사세요. 해보고 싶으신 것도 꼭 다 해보시고요."

할머니는 이윽고 눈가에 맺힌 눈물을 한 번 훔쳐냈다.

경묵은 감싸 쥐고 있는 할머니의 손에 힘을 더 꽉 쥐며
말을 이어나갔다.

"할머니, 이제 아프지 말아요. 앞으로 우리 행복하게 살
일만 남았는데 아프면 안돼요."

이제 겨우 시작이었다. 아니, 어떻게 보면 아직 시작도
하지 않은 걸지도 모른다.

경묵은 마음을 다잡고 다시 한 번 열의를 불태우고 있
었다.

할머니가 붉어진 눈시울을 어찌 하시지 못한 채로 어색
한 웃음을 지어보이고 나서야, 경묵은 할머니의 손을 놔
드렸다.

아차 싶은 마음에 재빨리 시간을 확인한 경묵은 다시금
분주하게 나갈 채비를 하기 시작했다. 제 시간에 도착하
려면 조금 빠듯한 것 같은 감이 없지 않아 있었기 때문에
마음이 급해졌다.

"할머니, 저는 잠깐 다시 나가봐야 할 것 같아요. 중요
한 약속이 있어서요."

"그래? 그럼 언제 들어오니?"

"오늘 조금 늦을 수도 있으니까 먼저 주무세요. 내일은
저녁 꼭 같이 먹어요."

경묵이 분주하게 신발을 대충 구겨 신고는 집 밖으로 나서자 할머니는 경묵이 나선 문을 한참동안 바라보다가 힘겹게 몸을 일으키셨다.

"에구구구구…."

할머니는 TV 앞 선반에 핸드폰을 집어 들고는 느릿느릿한 손동작으로 어딘가에 전화를 걸기 시작했다.

"어디보자……. 재국이가……. 2번을 꾹 누르면……."

이윽고 할머니는 호쾌한 목소리로 전화기 너머의 상대에게 말을 하기 시작했다.

"어~ 재국이! 저녁은 먹었나? 글쎄, 오늘 우리 경묵이가 뭐 선물해준지 알아? 맞춰봐! 나랑 재국이 제주도 여행권을 선물로 줬지 뭐야? 그래 재국이랑 같이 가라고 줬다니까?! 그래! 재국이랑 같이 가라고 줬다니까 그러네! 그래, 그래. 어디보자, 이게 언제 가는 거냐면……."

집 안 가득 할머니의 밝은 웃음소리가 울려 퍼지고 있었다.

❀

행여나 약속 시간에 늦을 새라 급하게 집을 나선 경묵은 약속 장소인 카페를 향해 걸음을 옮기고 있었다. 서은과 정혁을 만날 생각을 하니 가슴이 설레는 듯 했다.

완성되었다던 푸드트럭의 외형도 궁금했고, 그동안 어떤 일이 있었는지에 대해서도 듣고 싶었다. 기대감이 경묵의 걸음을 자꾸만 재촉하고 있었다. 금세 약속 장소인 카페 앞에 다다른 경묵이 안으로 들어서려 했을 때였다.

빵─! 빵빠앙─────!

도로가에서 들려오는 클락션 소리에 고개를 돌린 경묵의 입가에 금세 미소가 떠올랐다.

아주 행복해 보이는 짙은 미소가.

경묵의 시선이 향한 곳에는 1.2톤 흰색 '*윙 바디 트럭'이 정차등을 켠 채로 서 있었다. (*윙 바디 트럭 : 뒤에 달린 화물칸이 날개 형으로 열리는 트럭.)

깔끔한 흰색 트럭 옆문에는 서은의 취향이 반영된 것인지, '디즈니' 사의 공주 스티커가 붙여져 있었다.

백설공주와 라푼젤 신데렐라, 인어공주에 뮬란, 그리고 엘사까지……. 경묵은 천천히 트럭을 향해 다가서기 시작했다.

"와……."

천천히 짐칸의 한쪽 면이 날개처럼 열리기 시작하자, 안에 들어선 깔끔한 주방이 눈에 들어왔다.

화구 한 개와 튀김기계, 그리고 벽에 정갈하게 정렬되어있는 주방기구들 마지막으로 간이 냉장고까지.

두 사람이 일하기에 적당해 보이는 넓이, 그리고 동선이 꼬일 것 같지 않은 배치. 푸드트럭의 내부는 정혁의 노련함이 담겨있는 이상적인 구조를 하고 있었다.

경묵은 절로 감탄할 수밖에 없었다.

차체 내부에는 붉은 글씨로 '경묵이네 북경각'이라는 문구가 쓰여 있었다. 심지어 몹시 진지해 보이는 궁서체로.

경묵이 트럭을 향해 천천히 다가가기 시작하자, 운전석의 창문이 서서히 내려오기 시작했다.

안에는 잔뜩 멋을 낸 모양인지 선글라스를 낀 정혁이 입가에 미소를 지은 채 앉아 있었고, 조수석에 앉은 서은 역시 운전석 창문 쪽으로 얼굴을 들이밀며 반갑게 손을 흔들고는 소리쳤다.

"경묵씨!"

이윽고 정혁은 자신의 왼 팔을 창밖으로 내밀고는 엄지로 뒤를 가리키며 말했다.

"야, 타!"

심장이 두근거리기 시작했다. 꿈에 한 걸음 다가온 것 같은 기분에 입가에는 절로 미소가 지어졌고, 경묵은 양 손으로 자신의 얼굴을 감싸고 제 자리에 서있는 것 외에는 아무것도 할 수가 없었다.

다시 트럭의 날개가 서서히 내려와 트럭 내부를 가리기

시작했고, 정혁은 트럭에서 내리고는 경묵을 향해 성큼성큼 걸어와서는 트럭의 차키를 경묵에게 양손으로 공손히 내밀며 말했다.

"잘 부탁드립니다. 사장님."

입가에 천덕꾸러기 같은 미소를 머금은 채로 말하는 정혁을 바라보던 경묵이 차키를 받아들고는 환한 웃음을 지어보이며 답했다.

"형……. 대박이에요……."

"알아, 인마."

"이거 정말 우리 거 맞죠?"

경묵이 행복에 젖은 표정으로 정혁에게 되묻자, 정혁은 귀찮다는 듯 대꾸했다.

"야, 너 내부 벽면에 '경묵이네 북경각' 쓰여 있는 거 못 봤어? 다시 한 번 열어서 보여줄까?"

서은은 트럭을 바라보며 감탄사만 연발하는 경묵의 팔을 잡아끌며 카페 안으로 들어서기 시작했다.

"우선, 들어가서 이야기해요. 들어가서.

서은에게 이끌려 카페 안으로 들어선 두 사람은 2층 한적한 곳에 자리를 잡고 앉았다.

창가 쪽 자리였는데, 경묵은 안에 들어서서도 창밖으로 보이는 푸드트럭에서 눈을 떼지 못하고 있었다.

정혁과 서은은 그런 경묵을 바라보며 흐뭇한 미소를 지

어보이고 있었다.

행복한 정적을 깨고 먼저 입을 뗀 것은 서은이었다.

"우선, 제가 세운 계획표 먼저 보시겠어요?"

서은은 자신의 가방에서 잘 정리된 서류를 하나 꺼내 들어서는 테이블 위에 올려 두었다.

그리고는 진지한 표정으로 서류를 한 장, 한 장 들여다 보며 필요한 것들을 옆으로 빼놓기 시작했다.

그 중간 중간 푸드트럭과는 전혀 상관없는 '속성 다이 어트 법'이라는 대제목이 인쇄되어있는 종이들도 간간히 눈에 띄기도 했다. 그럴 때마다 서은의 손짓이 눈에 띄게 빨라지곤 했다.

경묵은 그런 서은을 빤히 바라보다가 한 번 눈이 마주 치고 나서야 시선을 거두었다.

"자, 주목!"

어느 정도 분류를 마친 서은이 다시 한 번 이목을 끌고 는, 자신의 머리칼을 한 번 귀 뒤로 쓸어 넘긴 후에 본격 적인 설명을 하기 시작했다.

"우선 내일 모레 바로 영업에 들어갈 수 있을 것 같아 요. 우선 정혁씨가 정한 라온 푸드에서 대부분의 식자재 를 받아서 쓸 생각이고, 북한산 쪽이 판매 장소로 적합할 것 같아요. 초급 던전과 중급 던전이 붙어있거든요. 그리 고 메뉴판 같은 경우에는 이미 관련 업체에 위탁을 맡겨

둔 상태고……."

서은은 제법 세밀한 계획을 세워두었다.

푸드트럭의 영업 일정, 장소, 수익 분배방식 그리고 판매할 품목들의 가격표까지. 워낙 꼼꼼하게 사소한 부분까지 준비를 마쳐둔 상태라, 서은의 계획은 거의 흠잡을 데가 없었다.

휴무는 주 1회, 월요일로 정했다.

그리고 서은은 음료를 제조하여 판매하는 것을 취소하는 대신 계산을 도맡아서 하기로 했다.

공간이야 바깥에 테이블을 펴 놓고 하면 된다지만 당장 장사가 어떻게 될지 모르는 노릇이니 염두에 두고 있던 음료 판매는 잠정적으로 보류를 하기로 했다.

그 대신 시중에서 판매하는 음료들을 무료로 제공하기로 결정했다.

또한, 편하게 식사할 수 있는 환경을 조성하기 위해 접이식 테이블과 플라스틱 의자 몇 개도 구매를 마친 상태라 하였다.

다른 곳에서는 어떨지 몰라도 던전 앞이라면 공간을 활용할 수 있었기 때문에 가성 비를 따져본다면 최고의 선택이라 할 수 있는 셈이었다.

정혁은 입가에 미소를 머금은 채로 고개를 끄덕이며 말했다.

"하긴, 던전 앞에서 자릿세를 내놓으라고 하겠어?"

심지어 푸드트럭 덕분에 정부의 지원금까지 받을 수 있다고 했다.

서은이 말하는 바에 따르면 큰 금액은 아니겠지만, 어느 정도 식재료를 구입하는데 보탬을 하거나 기름 값은 하고도 남을 정도의 지원금일 것이라고 했다.

현 시점을 감안하고 보면 각성자의 숫자가 즉 국력이다 보니, 버프 효과를 내주는 음식을 판매하는 것을 권장하는 모양인 듯 보였다. 지원금에 관한 이야기는 금액을 떠나서 상당히 기분이 좋아지는 요인이 아닐 수 없었다.

수익 분배의 경우 다시금 조율하여 서은은 투자자로서 20%의 판매 수익을 갖기로 했고 나머지는 경묵의 몫이었다. 정혁은 판매 수익의 10%를 월급으로 약속 받았는데, 상당히 만족스러워하는 눈치였다.

"10%면 완전 장난 아니겠는데? 조만간 강남에 빌딩 살지도 모르겠어."

서은은 정혁의 말을 듣고도 눈길 한 번 주지 않은 채 말을 이어나갔다.

정혁이 살짝 섭섭한 티를 내보았지만 서은은 전혀 개의치 않았다.

"우선, 투자한 자본금을 거의 뽑아내고 나면 전국 순회를 한 번 하도록 하죠."

"전국 순회요?"

경묵이 놀라 되물었다. 사실상 되물을 수밖에 없는 이야기였다. 지방에도 던전이 있기야 하지만, 대부분의 던전이 수도권 중심에 밀집되어 있었다. 뿐만 아니라 지방에 있는 던전의 등급은 높아봐야 상급, 평균적으로는 하급내지 중급이 태반이었다.

구매할 수 있는 여력이 되는 각성자가 수도권에 비해 떨어져도 한참이 떨어질 것이니 남는 장사는 아닐 것이라고 짐작한 탓이었다.

서은은 그런 경묵의 생각을 읽기라도 한 것인지, 한 번 웃음을 지어보이고는 말했다.

"경묵씨, 경묵씨는 직접 조리한 요리에 자신이 있으세요?"

서은의 당돌한 물음에 잠깐 동안 정적이 흘렀다.

요리사에게 자신의 요리에 자신이 있는지 없는지를 묻는다?

결례라면 굉장한 결례일지도 모르는 민감한 이야기.

하지만 경묵은 아무런 표정변화 없이 여전히 밝은 표정으로 대답할 뿐이었다.

"물론입니다."

경묵이 환히 웃으며 자신만만한 목소리로 대답하자, 서은은 다시금 말을 이어나가기 시작했다.

"그럼, 버프 효과를 내는 음식이 아니더라도 충분히 해볼 만한 장사 아니겠어요? 경묵씨 본업은 버퍼가 아니라 요리사잖아요."

서은이 말을 마치자 경묵은 순간적으로 자신의 마음속에서 무언가가 꿈틀거리는 것이 느껴졌다. 조리 능력치가 대폭 상승하였으니, 자신의 요리가 얼마나 뛰어난 맛을 낼지는 스스로도 짐작할 수 없는 수준이었다.

'순수하게 맛으로만 승부를 본다…….'

적어도 속물 사장이 운영하는 북경각보다, 자신의 북경각이 더 월등히 뛰어난 맛을 선보일 수 있을 것이라는 확신이 들었다.

연래춘을 비롯한 4대 중식 집을 뛰어넘는 맛.

아직은 뛰어넘지 못했을지 모르지만, 그 날 역시 멀지 않았다는 생각이 머릿속에 맴돌았다.

이윽고 경묵은 자신감 넘치는 표정으로 엄지손가락으로 콧잔등을 한 번 쓸어보이고는 고개를 끄덕였다.

"좋아요, 전국순회."

경묵의 자신만만한 모습에 서은이 수줍은 웃음을 지어보였다. 중요한 부분은 다 결론이 났겠다, 경묵은 옆에 두었던 쇼핑백을 꺼내서 테이블 위에 올려 놓았다.

"정혁이형. 이거 선물이에요."

경묵이 쇼핑백을 슬그머니 정혁 쪽으로 밀며 윙크를 한

번 해보이자, 정혁은 인상을 살짝 찡그렸다가 이내 웃음을 지어보였다.

"요 녀석, 가만 보면 기특한 짓을 하기도 한단 말이야? 이게 뭐야?"

물음과 동시에 정혁의 손이 쇼핑백으로 향하고 있었다. 정혁의 손이 쇼핑백에 닿기 직전에, 경묵은 쇼핑백을 거두어들이며 한 번 웃음을 지어보였다.

"집에 가셔서 확인해보세요."

"뭐야? 사춘기 남학생이 좋아하던 여학생한테 러브레터 보낸 것 같은 이 분위기는?"

"그런 거 아니니까, 집에 가셔서 확인해보세요."

경묵의 단호한 대답에 정혁은 입맛을 한 번 다시고는 쇼핑백을 옆에 내려 두었다.

"흠······. 힌트라도 좀 주지······."

경묵은 그런 정혁을 바라보며 대답대신 음흉한 미소를 한 번 지어보일 뿐이었다.

경묵이 이렇게나 내용물에 대해서 함구하는 것은, 정혁이 지갑 안에 들어있는 돈에 대해 알게 된다면 분명 어떻게든 돌려주려 갖은 노력을 할 것이라고 생각했기 때문이었다.

경묵은 그저 정혁에게 입은 은혜를 조금이나 되갚았다는 사실이 너무나 기분이 좋았다. 이런저런 뒤탈에 대해서만큼은 나중에 생각하고 싶었다.

푸드트럭과 관련된 중요한 사안에 대해서 이야기를 끝마친 세 사람은 카페 밖으로 나섰다.

원래 경묵은 두 사람을 고급 식당에 데려가서 식사를 대접해주려고 마음먹었었지만, 어느 식당에서 파는 음식보다도 훨씬 더 맛있는 음식을 가지고 있음이 기억났다.

최고의 신선도를 자랑하는, 잘 손질된 이계들소.

그것도 무려 4마리가 경묵의 인벤토리 안에서 훌륭한 마블링을 뽐내고 있음을 떠올린 것이다.

정혁과 서은에게도 당혹스러울 정도의 맛을 자랑하는 음식들을 어서 맛 보여주고 싶었다.

그리고 자신 또한 이계들소를 가열 조리하여 먹어본 적이 없었으니 대접과 동시에 궁금증도 해결해 볼 요량이었다.

경묵은 푸드트럭 차키의 열쇠고리 부분을 검지에 끼우고 빙빙 돌리며 가벼운 발걸음으로 카페 밖으로 나서기 시작했다.

"자, 두 분! 오늘 제가 최고의 식당으로 모시겠습니다!"

운전석에 경묵이, 조수석에는 정혁이 앉았고 그 가운데에 서은이 앉았다. 이윽고 경묵의 손이 차키를 천천히 돌리자, 푸드트럭에 시동이 걸리며 약하지 않은 정도의 진동이 느껴졌다.

트럭의 떨림에 맞추어 경묵의 심박 수도 천천히 증가하

기 시작했다. 이윽고 경묵이 클러치 페달에서 슬며시 발을 떼기 시작하자 트럭이 천천히 앞을 향해 나아가기 시작했다.

※

트럭이 멈춰 선 곳은 한강 공용주차장 인근이었다. 서은과 정혁은 오는 내내 행선지에 대한 호기심을 참지 못하고 질문공세를 쏟아 부었지만, 경묵은 절대로 대답해주지 않았다.

트럭이 멈춰서고 나서, 경묵은 한 번 씩 웃어보이고는 내리라는 듯 손짓을 해 보였다.

"뭐야? 혹시 선상레스토랑 같은 곳 가려는 건 아니지? 지금 우리 기대가 크다…? 서은씨는 아침부터 굶은 상태야, 그런 곳으로는……."

정혁이 조수석 문을 열고 내리며 말을 이어나가고 있을 때, 경묵은 아무런 대답도 없이 고갯짓을 해보이며 다시 한 번 내리라는 손짓을 해보였다.

"뭐야, 오늘 왜 이렇게 비밀이 많은 거야?"

두 사람이 트럭에서 내렸을 때에는 트럭 뒤 칸의 날개 부분이 올라가 있는 상태여서 설비되어있는 주방 내부가 훤히 들여다보였다.

경묵 역시 트럭에서 내린 후 멀찍이 떨어져 팔짱을 낀 채로 주방 내부를 한 번 쳐다보고는, 이윽고 정혁과 서은에게로 시선을 옮겼다.

갈피를 잡지 못했던 두 사람이었지만, 이내 경묵의 의도를 파악해내고는 입가에 미소를 지어보였다.

서은은 긴 머리를 귀 뒤로 한 번 쓸어 넘겨 보이고는 경묵을 바라보며 말했다.

"사장님, 두 명이요."

"알겠습니다. 두 분 잠시만 기다려주세요."

경묵은 재빠르게 뒤 칸에 실려 있던 접이식 테이블과 의자 3개를 빼내 와서는 자리에 깔아주며 말했다.

"잠시만 기다려주세요."

이윽고 푸드트럭에 설비된 주방 위에 올라서서는 [+3 중급 대장장이의 중화칼] 을 빼 들었다. 칼을 선반 위에 올려두고는 소매를 걷어 올리더니 인벤토리에서 이계들소의 우둔살과 등심을 꺼내 보였다.

"자, 손님들 오늘 메뉴는 한우보다 맛좋은 '이계들소' 코스입니다. 잠시만 기다려주세요!"

이계들소를 모르는 서은과 정혁은 고개를 한 번 기웃거렸다.

서은과 정혁은 경묵이 인벤토리에서 꺼내둔 고기를 확인하고 나서야 트럭 뒤의 주방 칸을 바라보며 박수를 쳐

164 각성 2
북경각

보였다.

"맛있게 해주세요 사장님!"

경묵은 화구에 불을 한 번 켜보고는, 곧장 자신의 미니 팬을 올려두었다.

팬 위에 등심살을 올려둔 경묵은 몸을 돌려 우둔살을 썰어내기 시작했다.

너무 얇지도 두껍지도 않은 적당한 두께로 우둔살을 썰어내고 있던 찰나에, 지나가던 행인들이 경묵의 푸드트럭을 보고는 호기심에 한 번씩 걸음을 멈추었다.

호기심에 멈춘 이들의 발목을 붙잡은 것은 멀리 퍼져 나가고 있는 향긋한 고기 굽는 냄새였다.

"뭐야? 경묵이네 북경각?"

"야, 저기나 한 번 가볼까?"

"그래 강이나 보면서 소주나 한 잔 하자."

자신 때문에 수많은 사람들이 걸음을 멈추었다는 사실을 아는지 모르는지, 그리고 저들의 대화 내용은 아는지 모르는지 경묵은 도마 위에 놓인 우둔살을 묵묵히 썰어내고 있었다.

삼삼오오 몰려들기 시작한 사람들은 걸음을 멈추고 경묵의 칼질을 바라보며 놀라움을 감추지 못하고 있었다.

몇몇 이들은 그런 경묵의 칼솜씨를 자신의 핸드폰 카메라에 담아내고 있었다.

"오늘은 여기로 하자."

"이야, 대박이네. 손이 보이지를 않는다."

갑작스레 모여든 인파 때문에 테이블에 앉아 경묵이 선보일 요리만 기다리던 정혁과 서은은 당혹감이 흐르는 표정을 숨기지 못한 채 가만히 앉아있었다.

"아, 맛있겠다. 오늘은 여기다. 이름 한 번 특이하네?"

"그래, 그래. 오늘은 여기서 한 잔 하자."

경묵이 몹시 빠른 속도로 우둔살 한 근을 다 썰어내고 고개를 들었을 때, 이미 수많은 인파가 경묵의 푸드트럭 앞에 몰려있었다. 경묵과 눈이 마주친 이들의 주문이 여기저기서 쇄도하기 시작했다.

"여기 메뉴 뭐 있어요?"

"사장님, 자리 좀 깔아주세요. 세 명이요."

"저희는 네 명이요."

"여기는 둘이요."

갑작스레 몰려든 이들을 어안이 벙벙해진 채 바라보던 서은이 웃음을 지어보이며 정혁에게 작게 말했다.

"아무래도 우리 식사는 조금 미뤄야겠는데요? 예정보다 빨리 개시를 하게 되었네요."

"그러게요, 좋은 게 좋은 거죠 뭐."

이윽고 세 사람이 한 번씩 눈빛을 주고받기 시작했다.

경묵은 터져 나오려는 웃음을 간신히 참은 채로 몰려든

사람들에게 크게 외쳤다.

"어서 오십시오!"

❀

서은과 정혁은 자리를 펴느라 분주히 움직여야 했다.

트럭 뒤편에 구비되어있는 접이식 테이블은 5개뿐인 터라, 몰려든 수많은 사람들을 모두 수용하는 데에는 한계가 있었다.

경묵은 트럭 위에서 몰려든 사람들의 수를 대략적으로 헤아리기 시작했다. 갑작스레 영업을 개시한다는 것이 심히 즉흥적인 감이 없잖아 있었지만, 너무나 오랫동안 고대해왔던 상황이기도 했다.

이 순간을 얼마나 오랜 시간동안 꿈꿔 왔던가?

항상 북경각을 자신의 가게라고 생각하며 일을 하기야 했었다지만, 진짜 자신의 업장에서 첫 손님을 맞게 된 것이었다.

그렇다보니 경묵은 자신의 업장의 첫 손님이 되겠다고 찾아온 이들을 매몰차게 내치고 싶은 생각은 전혀 하지 못하고 있었다. 아니, 하지 않고 있었다.

구비되어 있던 접이식 테이블을 모두 펴낸 정혁은 시간을 확인하는 듯 주머니에서 핸드폰을 꺼내 들었다.

9시 11분.

정혁이 시간을 확인하는 것을 본 경묵은 정혁에게 손짓을 해 보이며 불렀다.

"형, 지금 정확히 몇 시 몇 분이에요?"

"지금 정확히 9시 11분."

"30분에 영업개시 하는 걸로 하죠."

고작해야 19분. 정혁은 사실상 그 안에 모든 준비를 마칠 수 있을지에 대해서 확신할 수 없었다.

"경묵아, 19분 가지고 충분해? 차라리 조금 더 여유를 갖고 천천히 준비를……."

"넉넉할지도 몰라요."

경묵은 정혁의 불안감이 잔뜩 담긴 물음을 자르며 너무도 덤덤하게 답했다.

경묵의 확신 가득한 말 덕분이었는지 금세 수긍한 정혁은 고개를 끄덕여 보이고는 뒤를 돌아 크게 소리쳤다.

"여러분! 아직은 영업 준비 시간입니다! 영업은 30분에 시작됩니다!"

경묵의 확신에 가득 찬 말투도 한 몫 했지만, 지금껏 경묵이 자신에게 보였던 모습을 생각해 본다면 충분히 가능하고도 남을 일이었다. 적어도 정혁이 봐온 경묵은 목표로 삼은 일은 무조건 해내는 녀석이었다.

경묵은 고민하듯 팔짱을 낀 채로 천천히 생각을 하기

시작했다.

일단 법적으로 푸드트럭의 실소유주는 서은으로 되어 있는 실정이다 보니, 경묵이 던전 안에 있는 동안 서은은 어쩔 수 없이 건강검진 및 식품위생에 대한 교육을 받아야 했다. 또한 푸드트럭 설비에 일가견이 있으신 정혁 아버지의 도움 덕분에 차량개조 신고 절차역시 정확하게 되어있는 실태였으니, 당장 식품 판매에 있어서는 특별하게 걸릴만한 사항이 없는 셈이었다.

다만 아쉬운 부분은 다름이 아니라 '술'이었다. 꼼꼼하게 일을 진행해온 서은 역시 이 부분에 대해서는 생각하지 못한 것인지, 주류 판매에 대한 허가는 미리 처리하지 못한 상태였다.

사실상 당장 팔더라도 크게 문제될 것은 없는 상황이긴 했지만, 웬만해서는 법에 저촉되는 행위를 피하고 싶다는 생각을 하고 있었다. 우선 경묵은 아쉽지만 주류 판매에 있어서는 포기를 해야겠다고 생각했다.

비록 수익 문제에 있어서는 조금 아쉽게 되었지만, 바로 근방에 편의점이 몇 군데 있는지라 술을 찾는 손님이 계시면 직접 구입을 권하면 되는 부분이었으니 큰 문제는 아니었다.

경묵은 우선 정혁과 서은에게 필요한 것들을 부탁하기 시작했다.

"정혁이형, 우선 근처 편의점에 가서 라면사리, 혹은 라면 되는 대로 다 사다 주세요. 봉지라면만. 영수증 끊어 오시면 영업 끝나고 계산 해드릴 게요."

정혁은 고개를 한 번 끄덕여 보이고는, 부리나케 편의점을 향해 뛰어가기 시작했다.

"서은 씨, 글씨 좀 예쁘게 쓸 줄 알죠?"

"네? 네……. 조금?"

"그럼 메뉴판을 만들어 주세요."

"메뉴판……?"

의아해하는 서은에게 대답을 하는 대신, 경묵은 상점 기능, 즉 GEM을 이용하여 제법 큼직한 *블랙보드 (* 형광 펜으로 쓸 수 있는 검은색 보드) 와 블랙보드 전용 형광 색 펜을 구입했다. 그리고는 주방 칸 아래로 내려와 트럭 뒤편에 몸을 숨긴 채 인벤토리 안에서 구입한 물건을 모두 꺼내 들어서는 서은에게 건네었다.

서은은 그제야 경묵의 생각을 이해했다. 또한, 제법 참신하다고 생각을 한 것인지 감탄한 듯 입을 살짝 벌린 채 고개를 끄덕였다.

경묵은 입맛을 한 번 다시고는 양 손을 깍지 낀 채로 천천히 입을 뗐다.

"자, 짬뽕 탕 20000원, 탕수육 20000원, 소고기 야채 볶음 20000원. 라면사리 추가 2000원……. 끝!"

열심히 받아 적던 서은은 끝이라는 말에 고개를 들어 경묵을 바라보았다. 아무런 말도 하지 않았지만 '이게 끝이야?' 라는 의문이 담겨있는 듯 했다.

경묵은 그제야 검지 손가락을 들어 보이며 이렇게 말했다.

"아! 소고기 야채복음 옆에 꼭 적어주세요. 고기는 무척 적습니다."

서은의 표정이 살짝 일그러지자 경묵은 능청스러운 투로 말을이었다.

"고기가 비싼 고기거든요, 그리고 술은 직접 사다가 드셔야 된다고도 적어 주세요."

사실 메뉴 가격은 주류로 수입을 올릴 수 없다는 사실을 감안하여 책정한 것이었다. 안주 자체의 단가를 놓고 본다면 조금 비싼 감이 없지 않아 있었지만, 술은 싸게 구입할 수 있다는 사실을 감안한다면 그렇게 비싼 가격도 아닌 셈이었다.

메뉴판이 완성되는 데에는 불과 3분도 채 걸리지 않았다.

경묵이네 북경각!

짬뽕 탕 20,000 원.

탕수육 20,000 원.

소고기 야채 볶음 20,000 원.

※ 고기가 적습니다! ※

추가 메뉴-

짬뽕 탕 라면사리 추가 2,000 원.

주류는 판매할 수 없는 관계로, 인근 편의점에서 직접 구입하셔서 드셔야합니다.

주문은 앞에서, 계산은 선불.

- -

급조된 메뉴판 치고는 상당히 만족스러운 터라 바라보던 경묵은 흡족한 미소를 자아내지 않을 수 없었다. 경묵은 우선 메뉴판을 트럭 주방 칸 아래 조명이 적당히 비추어 지는 곳에 세워 두고는, 식재료를 구입하기 시작했다.

메뉴판이 앞에 놓이자 사람들은 조금씩 술렁이기 시작했다.

"야, 조금 비싼데?"

"바보야, 술을 직접 구입해서 먹으면 요 앞 편의점에서 사야 되는 건데, 다른 데 보다 싼 거지!"

"아, 그렇긴 하겠는데?"

몇몇 사람들은 핸드폰 카메라 기능을 이용하여 푸드트럭의 사진을 찍기도 했다. 그들은 촬영하는 즉시 자신의 SNS에 업로드를 하기도 했고, 인터넷 게시판에 올리기도 했다.

그 과정에서 서은과 경묵은 젊은 부부로 보도되는(?) 경우도 다분했다.

그 사실을 전혀 모르는 두 사람은 영업 준비에 한창 몰두해 있을 뿐이었다. 사실상 도심 사람들의 로망은 포장마차였다.

TV속 드라마나 영화를 비롯한 대중 매체 속에서는 포장마차를 수도 없이 봐왔지만, 실제로 포장마차의 수는 기하급수적으로 줄어들고 있는 추세였다.

그런 포장마차가 자신들의 눈앞에 있다는 것만으로도 행인들의 이목을 잡아끌 수 있는 여지가 있었다.

더군다나 마침 경묵의 비범한 칼질 솜씨를 본 사람들은 쉽사리 발을 떼지 못했다.

그 다음은?

대부분의 사람들이 처음 가보는 음식점의 맛을 짐작하는 기준이 무엇이던가?

아마도 안에 얼마나 많은 사람이 있는지가 1순위가 아닐까 싶다.

이미 트럭 근처에 수많은 인파가 몰려 있으니, 점점 그 인원이 불어나는 것은 눈덩이를 굴리면 커지는 것처럼 단순한 원리였다.

결국 본의 아니게 선보인 경묵의 칼 솜씨가 제대로 된 홍보를 해 준 셈이었다. 원래 경묵은 이번에 얻게 된

GEM을 이용하여 푸드트럭 운영에 필요한 물품을 이것저 것 구입할 생각이었다. 하지만 버프 효과를 내주는 음식을 판매한다면 손쉽게 회수가 가능한 것이 GEM인 터라 아까워하지 않기로 마음먹고, 우선은 당장 필요한 식재료를 먼저 구입하기로 마음먹었다. 조리가 완료된 제품이나, 즉석식품 같은 경우에는 제법 가격이 센 편이었지만, 식재료는 생각보다 가격이 싼 편이었다. 쉽게 생각해서 50인분을 기준으로 100GEM이면 충분히 구입할 수 있을 정도였다.

경묵은 넉넉히 200GEM 가량의 식재료를 구입하여 당장 필요한 만큼을 제한 나머지를 모두 인벤토리 안에 넣어 두었다.

블랙 보드와 형광펜을 구입하는데 쓰인 GEM까지 제하고 이제 경묵에게 남은 GEM은 총 500GEM. 경묵은 이제 접이식 테이블을 찾아보기 시작했다.

'접이식 테이블 검색.'

이윽고 눈앞에 상점에서 판매하고 있는 접이식 테이블들이 순서대로 나타나기 시작했다.

곰곰이 생각을 해 본 결과 상점에서 판매하는 테이블을 사용하는 것이 훨씬 나을 것이라는 판단을 하게 되었다. 사실상 푸드트럭 뒤편에 마련된 주방 칸에 넣을 수 있는 테이블 숫자에는 한도가 있지만, 인벤토리에 넣어지는 테이블에는 한도가 없다는 것이 가장 큰 이점이었다.

사실상 지금 사용하고 있는 테이블들도 물론 넣을 수 있으리라고 예상하고 있었다.

음식을 넣었던 것처럼 상점 내에서 판매하고 있는 박스를 이용한다면 넣을 수 있을 것이라고 예상하고 있었다. 물론, 당분간은 테이블 5개와 의자 몇 개쯤 그냥 들고 다닌다고 해도 크게 지장될 부분은 없었다.

'음, 그래 차라리 그게 낫겠어……'

우선은 테이블 10개와 의자 30개, 테이블 숫자만큼의 *휴대용 가스레인지 (*부르스타) 를 구입하는데 275 GEM 을 사용했다. 이것으로 남은 GEM은 225GEM. 생각보다 몹시 많은 GEM을 소모하긴 했지만 앞으로도 필요한 물품이 있다면 경묵은 상점 기능을 이용해 충원해 낼 생각을 하고 있었다.

경묵은 문자 메시지를 통해 정혁에게 추가 주문을 요청했다.

[형, 부탄가스도 사다 주셔야겠어요. 5개 묶음짜리로 6개 정도]

경묵은 그제야 흡족한 듯 미소를 지어보이며 서은에게 말했다.

"서은씨, 영업 준비 끝났네요."

"알겠습니다, 사장님!"

서은이 쾌활하게 대답하자, 경묵은 밝게 웃음을 지어 보이며 말했다.

그 때, 두 사람의 눈에 정혁이 저 멀리서 양 손 가득 라면과 부탄가스가 담긴 봉투를 든 채 허둥지둥 뛰어오고 있는 모습이 보였다. 그 때 두 사람은 모든 준비가 끝난 줄로만 알고 있었다.

"주문, 계산은 앞에서 직접 하는 걸로 해요. 안 그래도 복잡할 텐데 많이 힘드실 거예요."

"아, 경묵씨! 잔돈!"

서은의 말을 들은 경묵이 잠시 흠칫했다.

정작 중요한 거스름돈에 대해서 생각을 하지 못하고 있었다.

라면 봉투를 잔뜩 든 정혁이 숨을 헐떡거리며 트럭 앞에 섰을 때, 경묵과 서은은 그런 정혁을 바라보며 음흉한 미소를 지어 보였다.

"뭐야? 왜 이래? 뭐야 또?"

정혁은 그런 두 사람의 미소가 마냥 불안한지, 두 사람의 얼굴을 번갈아보며 다급하게 물었다.

시간은 9시 20분. 약속한 개시 시간이 10분밖에 남지 않은 상황.

경묵이 조심스럽게 다시 입을 뗐다.

"형……다름이 아니라, 사실…… 잔돈…….."

경묵이 잔돈 이야기를 하자 정혁의 표정이 굳었다.

"야! 아까 문자 보낼 때 한 번에 시켰어야지!"

경묵이 대답대신 멋쩍은 웃음만을 지어보이자, 이내 정혁은 체념한 듯 힘없이 고개를 한 번 끄덕여보이고는 다시 편의점을 향해 전력으로 달려 나가기 시작했다.

음식을 담아낼 식기는 정혁이 미리 구비해둔 것이 선반에 잔뜩 있었고, 수저도 수량이 모자를 수 있을 것 같기는 했지만 구비되어 있었다.

만일 수저가 부족한 상황이 펼쳐진다면 상점 기능을 통해 충원하면 그만이었으니, 어느 정도의 준비는 마친 셈이었다.

현재 시간은 9시 27분.

정혁이 잔돈을 준비하고 돌아온다면 해결 될 문제였다.

그 사이 서은도 상점에서 구매한 접이식 테이블을 모두 펴둔 상태였다. 이미 펼쳐진 15개의 테이블은 손님들로 꽉 차 있었고, 주변에는 많은 인파가 몰려있었다.

경묵은 빠른 속도로 우둔살을 썰어내 작은 접시에 인원 수 만큼만 담아내기 시작했다.

"서은씨 이건 무조건 1인당 1개, 물량이 적어서 재주문은 안된다고 말씀해 주세요. 주문 마친 손님들한테 인원 수 여쭤보면서 개수 맞춰서 나눠드리면서 수저도 함께 드리면 될 거에요."

서은은 적당한 두께로 썰린 우둔살을 한 번 바라보고는 침을 한 번 삼켜냈다.

"우와, 엄청 맛있게 생겼는데요…?"

"던전 안에서 구한 이계들소 살이에요. 있다가 영업 마치고나서 같이 먹어요."

경묵이 소주잔을 쥐고 있는 듯 검지와 엄지만 편 상태에서 손목을 위 아래로 살짝 움직이자 서은은 놀람을 감추지 못한 표정을 지어보이고는 이내 고개를 끄덕였다.

"알겠어요. 열심히 일하고 싶어지네요."

이윽고 정혁이 돌아오고 잔돈을 서은에게 모두 건네주며 말했다.

"시재는 15만원이에요, 오천원 권 지폐랑 천원 권 지폐로 10만원 만원 권 지폐로 5만원."

서은이 고개를 끄덕이며 웃음을 지어보이자 정혁이 푸드트럭 위로 올라가려는 시도를 해 보았다.

경묵은 그런 정혁을 만류하듯 손짓을 해 보이며 말했다.

"형 우선은 서빙을 조금 도와주셔야 할 것 같아요."

경묵의 말에 주변을 둘러본 정혁은 고개를 끄덕였다. 서은 혼자서 감당하기엔 너무 많은 손님들이 모여 있는 것이 사실이었다. 하지만 반대로 생각해보면 경묵 혼자서 요리를 해내기에는 역부족일 것 같다는 생각도 했다.

"괜찮겠어? 혼자서?"

"물론이죠. 주방 안은 걱정 마시고 오늘은 아래에서 조금만 도와주세요, 형."

사실 선배 요리사로서 조금 기분이 나쁠 수도 있는 상황이었지만, 정혁 역시 각성의 힘이 얼마나 대단한 것인지는 얼핏이나마 알고 있었다.

"알겠다, 너야말로 홀은 걱정하지 말고 조리에 전념하도록!"

"예, 선배님!"

힘찬 대답 직후 경묵은 양 팔의 소매를 걷어 올렸다. 정혁은 다시금 손님들을 향해 큰 소리로 외쳤다.

"자, 이제 주문 받겠습니다!"

손님들은 주문을 하기 위해 물밀 듯 밀려오기 시작했고, 경묵은 화구의 불을 켠 후 기름을 천천히 가열하기 시작했다.

아무런 말 없이 점점 뜨거워지고 있는 기름을 바라보던 경묵에게 서은이 물었다.

"오늘 영업, 성공적으로 마무리 할 수 있을까요?"

경묵은 서은의 물음에 잠깐 시선을 서은에게 던졌다가, 다시금 거두어 팬에 담긴 기름으로 옮겼다.

입가에 살짝 미소를 머금어 보인 후에 천천히 입을 뗐다.

"제가 이래봬도 마음만 먹으면……."

"여기 짬뽕 탕 하나에 라면사리 2개 추가해주세요!"

이어질 뒷말은 제일 앞 열에 서 있던 손님의 주문소리 탓에 듣지 못했지만, 경묵의 입 모양만으로도 충분히 알 수 있었다.

서은은 미소를 한 번 지어보인 후에 첫 계산을 받기 시작했다.

경묵이 하려던 말.

'제가 이래봬도 마음만 먹으면 뭐든지 해내 거든요.'

서은은 그런 경묵의 당당함에 너무도 마음이 갔다. 이윽고, 서은은 활기찬 목소리로 첫 손님에게 크게 외쳤다.

"네, 2만4천원입니다!"

경묵이 자신의 업장에서 처음으로 벌어들이는 돈이었다.

첫 개시 날, 첫 번째 손님의 지갑이 열린 순간.

경묵에게 오늘은 앞으로 평생 잊지 못할 날이 되어버린 것이다.

첫 매출 24,000원. 다음 순간, 첫 손님이 건넨 만 원 짜리 두 장과 천 원 짜리 지폐 네 장이 서은의 손에 쥐어졌다. 이윽고 달궈진 기름 위로 준비된 야채들이 투입 되었다.

콰치치짓!

수분을 살짝 머금은 야채와 달궈진 기름이 불협화음을 내기 시작하고, 크게 불길이 일었다.

　다시 한 번 사람들의 이목이 푸드트럭의 주방 칸으로 쏠렸다.

10장. 작전명, 허니버터 감자칩 마케팅
MODERN FANTASY STORY

각성!
북경각

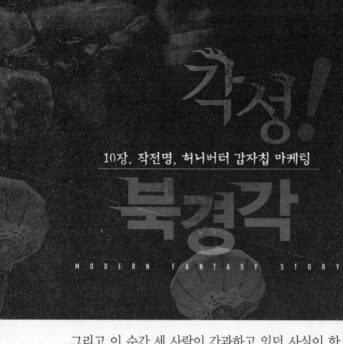

그리고 이 순간 세 사람이 간과하고 있던 사실이 한 가지 있었다.

인터넷 게시판과 SNS에 올라온 경묵의 푸드트럭에 대한 소식이 삽시간에 이곳저곳에 퍼져 넷 상을 뜨겁게 달구고 있었다.

일전에 경묵이 신촌역 인근에서 불량배들과 시비가 붙었을 때처럼, 인터넷 게시판과 각종 SNS를 통해 '경묵이네 북경각'의 소식이 퍼져 나가고 있었다.

제목 : 한강 포장마차, 경묵이네 북경각?

한강 공용주차장 쪽에 웬 푸드트럭이 있어서 와봤는

데…. 이게 갑자기 웬 맛 집인지!

메뉴는 3개뿐입니다. 짬뽕 탕, 탕수육, 소고기 야채볶음.

대기하는 시간에 육사시미를 한 점씩 나눠주는데, 평범한 맛이 아닙니다.

듣기로는 던전 안에서 구한 소고기라더군요.

그래서 한 점만 주시나 보심. 술은 근처 편의점에서 구입해서 마셔야 하는 게 조금 귀찮지만, 요즘 술집 소주 한 병 가격을 생각해보면 오히려 이게 나은 것 같다는 생각도 들긴 합니다.

맛이야 웬만한 중식 레스트랑 들보다 훨씬 더 뛰어난 듯합니다.

사진 아래에 첨부합니다!

– 좋아요 (3567) 댓글 (86) –

ezz123 : 헐 완전 맛있게 생겼다 가격도 괜찮고.

dogdog : 젊은 사장님께 여쭤보니 오늘만 한강에서 장사 하시는 거 라시네요, 한강 근처시면 한 번 들러보시길.

abillen : 지금 출발! 포장해서 집에서 먹어야지!

——————————————

그 밖에도 경묵의 칼솜씨가 녹화된 동영상을 게시하거나, 포장마차에서 찍은 사진을 올리는 등 많은 사람들이

'경묵이네 북경각'을 간접적으로 홍보 해주고 있었다.

그저 무수히 많은 인터넷의 게시물 중 하나였겠지만, 여러 사람들의 댓글이 달리고 '좋아요'가 눌리면서 파급 효과를 내기 시작했다.

주문은 끊길 줄을 모르고 물 밀 듯 이어지고 있었다.

짬뽕을 볶아내면서도 길게 늘어선 손님들 탓에 입가에 미소를 거두지 못했다.

경묵은 능숙하게 짬뽕을 볶아내다가 손에 묻은 물기를 튀김기계 안의 기름에 살짝 튕겨 보았다.

칙! 지지직!

튀김기계 안의 기름도 적당히 뜨거워진 것인지, 경묵의 손끝에서부터 날아든 물기 탓에 불협화음을 냈다.

사실, 오늘 팬의 손잡이를 다시 쥔 순간 경묵은 전과 달라졌음을 느낄 수 있었다.

조리 능력치가 상승한다는 것은 단순히 요리 실력이 늘어나고 맛이 더 좋아지는 단순한 효과를 내 주는 것이 아니었다. 전에 모르던 조리에 관련된 상식이 생긴다던지, 말 그대로 감으로 얼마나 익었는지에 대해서 알 수 있게 된다던지 하는 느낌들. 자신은 인식하지 못하고 있었지만 손은 기억하고 있는 감각들.

경묵이 잡은 팬 안에 담긴 야채들은 현란하게 공중제비를 돌다가 다시 팬 안으로 돌아왔다.

단순히 야채를 볶는 것뿐인데도 불구하고 이전과는 완전히 다른 감각이었다.

왼손에 쥐고 있는 팬 손잡이와 오른손에 쥐고 있는 국자가 마치 신체의 일부처럼 느껴질 정도였다.

한 번도 느껴본 적이 없는 감각.

경묵은 정말이지 신이 났다. 이렇게 신이 나서 요리를 하는 것도 정말이지 오랜만이었다.

언제였더라? 처음 요리를 배우기 시작하던 쯤에 이렇게 매일 신이나서 요리를 했었나?

야채들이 고춧가루를 몸에 두른 채로 불 향기를 머금었을 때, 끓는 물을 팬 안에 담아내기 시작했다. 그냥 짬뽕이라면 어떻게 담아내느냐에 따라 11그릇 내지 12그릇 정도의 양이었다.

팬 안에 담긴 짬뽕국물이 끓기 시작하자 경묵은 천천히 불을 줄였다. 오랜만에 코끝을 간질이는 짬뽕의 매콤한 향기. 경묵은 천천히 눈을 감았다가 다시 떴다. 그리고는 팬에 담긴 짬뽕을 재빠르게 냄비에 옮겨 담아내기 시작했다.

"자, 짬뽕 탕 나갑니다."

냄비에 옮겨 담은 짬뽕 국물 위로 미리 준비해둔 쑥갓과 부추, 메추리알을 고명삼아 올린 후 바로 앞 선반에 올려두었다. 너무도 먹음직스럽게 생긴 짬뽕 탕이 순식간에 완성된 것이다.

정혁이 다가서서는 김이 모락모락 피어오르고 있는 짬뽕 냄새를 한 번 맡고는 말했다.

"향 좋은데?"

"물론이죠, 누구 제잔데."

"좋아, 좋아."

경묵은 밀려드는 주문에도 전혀 당황하지 않고 천천히 조리를 해나가기 시작했다. 주방 일은 동선이 한 번 꼬이면 밑도 끝도 없이 말리는 일이었다. 그 사실을 정확히 알고 있는 경묵이었기에, 절대 조급해하거나 조바심을 내지 않았다.

'천천히 그리고 정확하게.'

그렇게만 한다고 해도 미리 습득해 둔 조리 스킬들 덕분에 남들보다 빠른 속도로 음식을 해서 내 보일 수 있었다.

그 밖에도 조리 능력치가 상승함으로 인하여 경묵에게 찾아온 변화들은 정말이지 놀라웠다.

튀김기계 위에 놓인 타이머가 필요 없을 정도로 감각이 좋아졌다.

반죽 옷을 입힌 등심을 기름 안에 넣고 등을 돌리자마자 눈을 감으면, 천천히 익어가는 탕수육의 모습이 그려졌다. 그 익어가는 소리가 바로 옆에서 들리는 듯 했고,

익어가는 모습이 너무도 생생하게 보이고만 있었다. 탕수육을 잊고 다른 일에 몰두하다가도 탕수육 끄트머리가 탈 때쯤 되면 엄습해오는 불안감이 있었는데, 자꾸 타들어가는 탕수육의 이미지가 상상되었고 눈앞에 보이는 듯 했다. 그 불안감에 경묵이 기름 안에 담긴 탕수육을 바라볼 때면, 노릇노릇하게 익은 탕수육들이 자신들을 꺼내주길 간절히 바라는 듯 타닥타닥 소리를 내며 기다리고 있었다.

경묵은 채를 이용하여 재빠르게 탕수육들을 건져낸 후에, 작은 종기에 간장을 담아 접시 중앙에 놓았다.

그 다음 그 바깥으로는 탕수육들을 담아내기 시작했다.

탕수육들은 기름 밖으로 건져내졌음에도 불구하고 머금고 있는 기름 탓에 익어가는 듯 타닥타닥 소리를 내고 있었다.

접시 중앙에 올려둔 간장이 탕수육 소스 대신이었다.

손님들은 놀라지 않을 수 없었다. 우선, 기본으로 제공되는 이계들소의 우둔살을 한 조각씩 맛본 후 한 번 놀람을 감추지 못하였다.

"이야, 이거 진짜 장난 아니네……."

입 안에서 사르르 녹아내리는 것만 같은 부드러운 육질과 육사시미 고유의 향.

더군다나 한 사람당 한 점 이라는 인색함 덕분에 더욱
맛있게만 느껴졌다.

"이것 좀 더 주시면 안 됩니까?"

"죄송합니다, 판매를 하지 않는 음식이여서요."

손님들의 물음에 정혁은 멋쩍은 듯 답할 수 밖에 없었
다. 한 편으로는 호기심도 들었다.

'얼마나 맛있기에 여기저기서 저 난리지?'

어떤 손님은 트럭 뒤의 주방 칸까지 직접 걸어 나와서
는 육사시미에 대하여 묻기도 했다.

"이게 무슨 고기입니까? 소는 소인 것 같은데 내 생전
이렇게 맛좋고 부드러운 고기는 처음 맛봅니다."

배불뚝이 중년 남성은 경묵이 선보인 육사시미 맛에 잔
뜩 놀란 듯 보였다.

경묵은 주방 열기 탓에 이마에 송골송골 맺힌 땀방울을
잽싸게 손등으로 한 번 훔쳐낸 후 말했다.

"몇몇 던전 안에서 서식하는 이계들소의 우둔살을 썰어
내어 만든 육사시미입니다."

던전이라는 말에 앞에 서서 말을 묻던 손님의 얼굴에
놀란 기색이 가득해졌다.

'던전 안에서 구한 식재료!'

한 점 맛보기도 힘든 것이 가격은 둘째 치고 파는 곳이
없어 맛보지 못하는 음식들이었다.

그런 육사시미 뿐 아니라, 메인 요리의 맛 역시 가히 일
품이라 할 수 있을 정도였다.

경묵이 튀겨낸 탕수육은 중도를 지키는 바삭함을 지니
고 있었다. 딱딱하거나, 부스러지는 튀김옷을 입고 있는
것이 아니라 씹는 맛이 일품인 튀김 옷. 안에 든 등심에
적절하게 밑간이 되어있는 것인지 간장을 찍지 않아도 눈
을 감고 음미하듯 씹다보면 짭짤한 맛이 조금씩 느껴지는
것 같기도 했다.

적어도, 지금까지 돌처럼 굳어서 배달된 탕수육에 지친
입맛을 달래주는 맛임은 분명했다.

대충 담아낸 듯 보이는 이 탕수육은 가히 일품이라고
극찬할 수 있을 것 같은 맛임이 분명했다.

맛이 뛰어난 것은 짬뽕 탕 역시 마찬가지였다.

안이 비칠 듯 비치지 않는 붉은 국물의 농도가 절대 걸
쭉하거나 하지 않았다. 그러나 입 안에서는 어찌나 오밀
조밀 다니는 것처럼 느껴지는지 모를 노릇이었다. 불 향
기를 잔뜩 머금은 매콤한 국물 맛은 정말이지 놀라지 않
을 수 없는 수준이었다. 다만 유일하게 아쉬운 점이라면
탱탱한 짬뽕 면의 면발을 맛보지 못한다는 점이었다.

손님들은 그런 아쉬운 마음을 달래기 위해 라면 사리를
반으로 쪼개곤 했다.

그리고 젊은 손님들은 하나같이 젓가락을 대기 전에 핸

드폰 카메라를 들이밀고 한 번씩 사진을 찍기 시작했다.

포장마차의 특성상 테이블 회전이 상당히 느린 편이었다.

이제 대부분이 포장을 해가는 손님들이었고, 조금씩은 쉴 틈도 생겨나기 시작했다.

술집은 오히려 자리가 손님들로 꽉 차있어야 한산해지기 시작한다. 그리고 하나 둘 자리를 뜨기 시작하는 순간 주방에는 설거지 폭탄이 쏟아지는 것이다.

경묵은 이제야 겨우 기지개를 한 번 펴보이고는 푸드트럭 주방 칸에서 아래로 내려왔다. 자리를 가득 메운 손님들이며, 지금껏 사용한 포장 용기 개수를 감안해보면 제법 괜찮은 매출을 기대할 수 있는 상황이었다.

트럭에 기대어 쉬고 있는 서은과 눈이 마주치자 한 번 웃음을 지어보이고는 옆에 다가서며 말했다.

"서은씨, 할 만 해요?

"물론이죠, 제법 재미있는데요?"

밝게 웃으며 답하는 서은을 보니 괜스레 힘이 나는 것 같았다. 힘들 법도 한데 내색 한 번 하지 않으니 기특한 것 같기도 했고, 열심히 일하는 모습을 보고 있자니 괜스레 더 호감이 생기는 것 같았다.

강가 바람이 뺨을 타고 지나갈 때면 한기가 느껴지곤 했지만, 그래도 선선하다는 말이 더 어울리는 날씨였다.

평소답지 않게 어색한 정적이 흐르던 때, 서은이 경묵을 바라보며 말했다.

"경묵씨, 혹시 이거 봤어요?"

"아니요?"

"짜잔, 벌써 동네방네 소문 다 났네요!"

서은은 자신의 휴대폰 액정을 경묵에게 보였다.

벌써 인터넷에는 경묵이네 북경각에 관한 게시물들이 벌써 수십 가지가 올라와 있었다.

갑작스레 신촌 4:1 싸움 남으로 화제의 동영상 1위에 등극했던 지난날이 떠올랐다.

중간 중간 경묵과 서은을 젊은 부부라고 묘사한 글들이 눈에 들어올 때면 피식 웃음이 새나왔다. 경묵은 인터넷과 SNS의 대단함을 이미 알고 있었다.

그 때 한 번 느껴보지 않았던가?

무료 홍보 효과와 그 파급력.

물론 금방 잊혀 졌지만, 잠시나마 대단한 효과를 거둘 수 있었음은 부정할 수 없는 사실이었다. 이제야 포장손님이 생각보다 많았던 이유가 납득이 가기 시작했다.

경묵의 시선은 액정 위에 고정되어 있었다. 하염없이 액정만 바라보던 경묵의 입가에 점점 더 짙은 미소가 지어졌다.

어떤 글에서 얼마나 긍정적인 평가를 받았기에 저렇게

밝게 웃는 것인지 궁금해진 서은은 엿보려 고개를 살짝 들이밀었다.

그 때 경묵이 갑작스레 고개를 돌려 서은을 바라보며 말했다.

"서은씨!"

"네……?"

갑작스레 고개를 돌린 경묵 탓에 흠칫한 서은이 떨리는 눈빛으로 경묵을 바라보았다.

제법 가까운 거리에서 눈을 마주보고 있자니 타들어가는 서은의 속을 아는지 모르는지 경묵은 아랫입술을 한 번 씹어 보인 후에야 말을 이었다.

"우리 이걸 제대로 한 번 활용해 볼까요?"

경묵은 더할 나위 없이 밝게 웃으며 손에 쥔 핸드폰을 한 번 흔들어보였다.

서은 역시 경묵의 말에 대한 의미는 알 수 있었다.

인터넷과 SNS의 위력은 이미 전에 한 번 실감해 본 적이 있었으니까.

경묵이 직접적인 경험자였다면, 서은은 그 바로 옆에서 목격을 하지 않았던가?

원치 않게 게시된 1~2분 남짓한 동영상이 동네 중국집의 매출을 수직으로 상승시켜주고, 대기 손님을 만들 정도였다.

그랬던 이력을 감안하여 생각해 본다면 효과적으로 사용했을 때에는 분명 최고의 무기가 될 것이 분명했다. 물론, 효과적으로 사용했을 때에는.

정작 경묵 본인은 모르고 있었지만, 일에 관한 이야기를 할 때면 눈빛이 달라지곤 했다.

이유야 어찌되었든 뚫어져라 쳐다보는 경묵 탓에 애꿎은 서은이 애를 먹고 있었다.

서은은 괜스레 두근거리는 가슴을 추스르며 힘겹게 되물었다.

"그걸 어떻게 활용해 보자는 거예요?"

경묵은 한 쪽 입 꼬리를 말아 올리고는 의기양양한 목소리로 말했다.

"간단해요. 그 때 동영상 사건처럼 터트리는 거예요. 조금 다른 점이 있다면 그 논란을 우리가 주도한다는 거죠."

탕-탕-

이윽고 경묵은 자신의 제법 큰 손바닥으로 푸드트럭 옆면을 두드리며 말했다.

"이 녀석의 장점을 모두 다 이용해서 말이죠."

경묵의 말 뒤로 바람 소리, 바로 옆 고속도로 위로 차들이 내달리는 소리와 조금은 들뜨거나 조금은 침울한 이들의 말소리가 모두 섞여 들려왔다. 바로 옆에서 입을 뗀 경묵의 말을 제한다면 한 마디도 제대로 알아들을 수 없는 잡음에 불과했다. 하지만 그런 잡음들이 괜스레 서은의 마음을 설레게 하고 있었다.

서은은 고개를 돌려 손님들을 한 번 둘러보기 시작했다.

테이블을 꽉 채운 손님들 모두가 경묵이 조리한 음식을 정말이지 너무나 맛있게 먹고 있는 듯 보였다.

단순히 '맛' 하나 만으로 승부를 보았을 때에도 이 정도라면, 만약 마케팅과 홍보에도 제대로 된 방법으로 힘을 싣는다면 어떤 결과를 보일 수 있을지가 너무 궁금했다.

"생각해 둔 방법은 있어요?"

단도직입적인 서은의 물음에 경묵은 고개를 저으며 답했다.

"아니요, 아직은 없어요. 그래도 될 것 같다는 느낌은 오네요."

"음, 사실 감은 잘 안 잡히네요."

경묵은 턱을 한 번 쓸어내리며 무언가 중요한 것이 생각이라도 난 것인지 확신에 찬 목소리로 물었다.

"아! 서은 씨! 허니 버터 감자과자 알죠?"

갑작스런 질문에 서은은 경묵을 바라보며 고개를 끄덕였다.

'허니 버터 감자 과자'

과자를 별로 좋아하지 않는 두 사람도 익히 들어 알고 있는 과자였다.

고도의 전략적인 마케팅 덕분에 몇 달 동안 모두가 못 먹어서 안달이 났었던 문제의 과자.

"네, 알기야 알죠. 요 몇 달 동안 인터넷이 그 과자 때문에 난리도 아니었으니."

"먹어 봤어요?"

다소 뜬금없는 물음에 어안이 벙벙해진 서은이 고개를 끄덕여보이자 경묵이 곧장 되물었다.

"사실 그렇게 엄청난 맛은 아니지 않았어요?"

"네. 맛이 없는 건 아니었지만, 그렇게 열광할 정도로 맛이 있던 건 아닌 것 같다고 생각했어요."

경묵은 자신에 찬 표정으로 말을 이어나갔다.

"우리는 그런 마케팅을 하면 될 것 같아요. 잘 생각해 본다면 그렇게 어려운 방법도 아니고요."

"허니 버터 감자과자 같은 마케팅이요?"

서은은 무슨 뜻인지 모르겠다는 듯 큰 눈을 깜빡이며 되물었다. 그저 경묵이 조금 더 쉽게 풀어서 말해주기를 기다리고 있을 뿐이었다.

생산 회사 측의 묘수에 의하여 허니 버터 감자과자는 오직 인기가 많아 금방 팔려나가는 맛 좋은 과자로 묘사되었다.

덕분에 일반인들은 물론이고 연예인들까지 자신들의 SNS에 그 문제의 감자과자에 대한 이야기를 적기도 하였고, 힘겹게 구했다는 이야기를 자랑하듯 적어냈다.

맛에 대한 평가는 덤이었고, 맛에 대해서 호불호가 갈린 다는 점은 오히려 더 궁금증을 증폭시켰다.

완벽한 무료 홍보 효과를 거둔 셈이었다.

요 근래 있었던 상품들의 마케팅 중 단연 최고라고 해도 과언이 아니었다. 분명 본받을 가치가 있는 마케팅이었다.

하지만, 어떻게 본받는다는 말인가?

의구심 가득한 표정으로 경묵을 빤히 바라보는 서은의 답답한 마음을 헤아린 것인지, 경묵이 설명을 해 주기 시작했다.

"간단해요, 결국엔 사람들이 우리 음식을 못 먹어서 안달이 나게 만드는 거죠. 영업장소를 지속적으로 바꿔주면서 그 날의 영업장소를 개시 몇 시간 전에 사이트에 게시하고, 제한적인 물량을 제한적인 시간 안에 팔고 떠나는 겁니다."

"그럼……?"

서은이 되묻자 경묵은 팔짱을 껴 보이며 트럭에 등을 기대곤 능청스럽게 답했다.

"어떻게든 맛에 대한 호기심을 자극하고 또, 자극하는

거죠. 결국 손님들이 우리 음식을 맛보았을 때의 성취감을 극대화 시켜주는 거예요."

경묵은 양 손 엄지와 검지를 이용해 카메라 모양을 만들어 보였다.

"찰칵 찰칵."

"네?"

"요즘 음식 먹기 전에 손 씻는 거보다 먼저 하는 게 사진 찍기잖아요."

"그런데요?"

경묵은 고개를 끄덕이고는 양 손바닥을 펴 보였다.

"그게 전부예요. 마음껏 사진 찍고 마음껏 자랑하겠죠. 그 갖고 싶던 걸 얻었으니까. 웬만큼 맛이 없지 않다면 더 맛있다는 착각도 할 수 있을 거고요."

"그렇지만 결국 그 희소성은……."

경묵이 고개를 끄덕이며 서은이 하려던 말을 대신 했다.

"우리가 만든 거죠."

서은이 사뭇 진지한 표정으로 고개를 끄덕이자 경묵은 괜스레 장난을 걸기 시작했다.

"음, 작전명도 있었으면 좋겠는데……."

"갑자기 웬 작전명?"

경묵은 진지한 표정으로 턱을 한 번 쓸어보이고는 서은

에게 검지손가락을 들이밀며 다시금 입을 뗐다.

"허니 버터 묵 작전?"

"그게 뭐에요? 완전 촌스러워요."

경묵의 한껏 진지한 말투가 서은의 웃음 점을 더욱 자극했다. 서은은 입가를 가린 채 밝게 웃었고, 경묵은 계속해서 이런저런 되도 않는 작전명을 말해대고 있었다.

"그래, 작전명 허니버터 감자칩 마케팅이 좋겠어요!"

기분이 좋아서였는지는 모르겠지만 이곳저곳에 앉은 사람들이 행복하게 조잘거리는 소리가 듣기에 너무 좋았고, 넘실거리는 강물이 보기에 너무 좋았다.

선선한 바람이 다시 한 번 두 사람의 뒷목을 훑고 지나갔다.

털이 곤두서는 대신 입가에 미소가 지어지는 기분 좋은 날씨였다.

모르긴 몰라도 지금보다 조금 더 추웠던 때에는 간절히 기다리던 날씨가 분명했다.

봄인가? 아마 맞는 것 같다.

❁

경묵은 다음 날 점심이 되서야 지끈 거리는 머리를 움켜 쥔 채로 잠에서 깼다.

"으으으......."

속이 메마른 것 같은 느낌과, 코 속에 아직 남아있는 것 같은 알코올 향이 경묵을 괴롭히고 있었다. 창 너머의 햇볕을 상상하는 것만으로도 갈증이 솟구치고 어지러움이 배가되는 듯 했다.

'어제 얼마나 많이 마신 거지.'

경묵은 간신히 몸을 일으켜 거실로 나와 냉장고 안에 든 물통 하나를 집어 들었다. 순식간에 물 한통을 다 마시고 나서도 냉장고를 가만히 붙잡고 서 있었다. 물 한통으로는 갈증을 해소하기에 역부족이었던 것인지 머그컵 한 잔 가득 물을 따라내고는 다시 방으로 천천히 걸음을 옮겼다.

기억을 잘 더듬어보면 첫 영업이 끝난 것은 아침 해가 뜨기 직전이 되어서였다.

총 매출액은 1,846,000원. 집에 어떻게 들어왔는지는 잘 기억이 나질 않아도, 어제 매출만큼은 천원 단위까지 정확히 기억이 났다.

정확히 기억나는 것이 조금은 신기하게 느껴지다가도 잘 생각해보니 아닌 것 같기도 했다.

'암, 기억이 나고말고. 처음으로 내 가게에서 내가 한 요리를 팔아서 내 돈을 버는 걸 얼마나 고대해왔는데? 당연히 기억해야지.'

일반적인 푸드트럭이나 포장마차라면 쉽게 상상할 수

없는 매출액이 분명하다.

경묵은 콧노래를 부르며 남은 기억을 천천히 마저 더듬기 시작했다. 중간 중간 텁텁한 입 안을 시원한 물로 적셔주는 것도 잊지 않고 있었다. 분명 청소를 마치고 나서 판매 금액 정산을 시작했고, 서은에게 건네받은 머리끈으로 어제 매출 금액을 잘 묶어서 자신의 외투 안 주머니에 쑤셔 박아 넣어 두었던 것도 기억이 났다.

우선 힘겨운 걸음으로 의자 앞까지 걸어가서는 그 위에 대충 걸려있는 자신의 외투 안쪽에 손을 넣고 휘휘 휘저어 보았다. 곧장 손가락에 걸리는 두꺼운 돈뭉치가 어제 일이 꿈이 아니라는 것을 말해주고 있었다.

"흐흐……."

배시시 새어 나오는 웃음을 참지 않으며 돈뭉치를 한 번 꽉 쥐었다가 놓고는 손바닥을 곧장 코로 가져다댔다. 손바닥을 살짝 적시고 있던 땀에 돈 냄새가 스며들어 있었다.

킁킁―

맡으면 맡을수록 기분 좋은 냄새였다.

경묵은 다시 한 번 웃음을 지어보이고는 돈 뭉치가 든 외투 안 주머니의 지퍼를 채웠다.

경묵은 기계적으로 기지개를 한 번 펴 보인 후에 버릇처럼 엄지발가락을 이용해서 컴퓨터 전원 스위치를 눌렀다.

이윽고 경묵은 천천히 인터넷에 게시된 '경묵이네 북경각'에 대한 게시물들을 살펴보기 시작했다. 마우스 스크롤을 내리면 내릴수록 입가에 미소가 번졌다.

대부분의 사람들이 호의적인 반응을 보이고 있었다.

인터넷은 잘만 사용한다면 정말 좋은 무기가 될 것 같았다.

어제 저녁 이야기가 오고갔을 때, 셋 중에서 그나마 SNS에 일가견이 있는 정혁이 전적으로 맡아서 일 처리를 해주겠다고 약속했었다. 사실상 그렇게 난이도가 있는 작업은 아니었다. 작업이라고 해 봤자 SNS 계정을 새로 만들어서, 그 계정의 이름을 '경묵이네 북경각'으로 해두고 푸드트럭의 영업일정이나 메뉴를 먹음직스러워 보이게끔 사진 찍어서 게시를 해 두는 것이 전부였다.

SNS계정의 생성이 완료된 후에는, 영업을 하는 중간중간 젊은 손님들에게 귓띔을 해 주거나 자신들과 관련된 게시물 아래에 댓글을 남기는 것으로 공식 주소를 알리면 되는 노릇이었다.

또한 간단한 이벤트도 계획을 해 두고 있었다. 본인의 SNS 계정에 다녀간 후기를 남기면 서비스 음료를 준다던가 하는 간단한 이벤트만으로도 홍보 효과를 증대 시킬 수 있을 것 같았다.

이제 SNS를 통한 홍보가 어느 정도 안정이 되고 나면 남는 목표는 하나, 방송 출연이었다.

우선 이런저런 생각들을 뒤로하고 경묵은 모니터 전원 버튼을 눌러 껐다.

셋다 술에 거나하게 취한 바람에 한강 주차장에 두고 온 트럭을 찾으러 나가야 했다.

이제 경묵은 가장 중요한 일을 앞두고 있었다.

영업 준비라는 이름으로 포장된 서은과의 데이트.

다름이 아니라 서은과 함께 오늘 사용할 식재료를 직접 떼러 가기로 약속을 한 것이다.

경묵으로선 상당히 노심초사하며 물었던 것이었는데, 서은은 재미있겠다는 말을 연신 남발하며 가고싶다는 의사를 강하게 밝혔다.

경묵은 다시금 핸드폰을 집어들어 전화를 걸기 시작했다. 서은도 아니고, 정혁도 아니었다.

수화기 너머의 남자가 굵직한 중저음의 목소리로 말했다.

"여보세요?"

"아, 경표 아저씨 저 경묵이에요."

"누구?"

"북경각 경묵이요."

경묵이 전화를 건 경표 아저씨라는 남자는 북경각에서 일하던시절 거래하던 물류업체의 배송직원이었다. 물건을 배송해줄 때마다 함께 가게 앞에서 담배를 피우며 잡담을 나눌 정도로 친밀한 관계였다. 자신은 물론이고 정혁과도 가깝게 지내던 경표 아저씨는 두 사람에게 동네형님 같은 느낌이었다. 집이 멀지 않았던 탓에 종종 술을 마시기도 했고, 근래에 들어서는 잘 보지 못했지만 북경각을 떠나면서 말 한마디 해주지 못한 것이 영 마음에 걸렸던 찰나였다.

그리고, 식자재 구입에 관해서 도움을 줄 수 있는 사람이기도 했다.

"아, 경묵이! 잘지냈냐! 연락 기다리고 있었다, 어디야 인마?!"

수화기 너머에서 반가움이 짙게 섞인 목소리가 들려왔다. 익숙한 따뜻함에 미소가 절로 지어졌다.

"야, 인마! 대체 어떻게 된 거야? 너나 정혁이나 둘 다 말도 없이 사리지고 말이야, 그러는 게 어디 있어?"

노경표의 장난기 섞인 물음을 뒤로하고 경묵은 현재 상황에 대해서 차근차근 설명을 해나가기 시작했다. 피치 못할 사정으로 정혁과 자신이 북경각을 떠나게 되었고, 푸드트럭을 차리게 되었다는 것. 그리고 도움이 조금 필요하다는 이야기도 막힘없이 꺼내었다.

경묵이 말을 마치자, 노경표는 기다리기라도 했다는 듯 되물었다.

"아니, 그런데 북경각은 어쩌다가 그만둔 거야? 물건 대주러 갔다가 너랑 정혁이 찾았더니 사장님이 완전히 정색을 하시더라고……."

말이 끝나기도 전에 경묵이 가로채서 얼른 대답을 해버렸다.

"그 부분은 말씀드리기가 조금 그래요, 좋게 끝난 건 아니라서요."

더 이상 묻지 말아달라는 암묵적인 신호이기도 했다. 그리고 노경표는 이런 뜻을 헤아리지 못할 만큼 어리바리한 사람도 아니었다.

"그래……? 알았다."

노경표가 이렇게 쉽게 궁금증을 억누를 수 있었던 데에는 경묵의 성격에 대해서 잘 알고 있다는 사실도 한 몫을 해 주었다. 분명 아무런 이유도 없이 갑작스레 가게를 떠났을 거라고는 생각하지 않고 있었다. 그저 경묵과 정혁, 두 사람이 불합리한 상황 앞에 놓였을 것이라고만 어렴풋이 짐작하고 있었다.

노경표는 다시금 밝은 목소리로 대화를 주도해 나갔다.

"그래, 그래. 나중에라도 말해주라! 그건 그렇고 어떤 도움이 필요한 건데? 내가 힘닿는데 까지는 어떻게든 도와줄게."

"감사합니다, 사실 다름이 아니라 아저씨한테 식자재

를 납품 받고 싶어서요."

"그래? 어떤 물건들이 필요한데?"

경묵은 입가에 웃음을 머금은 채 답했다.

"아저씨가 북경각에 납품해 주시던 식자재들 거의 대부분이 필요해요."

어쨌든 자신에게 물건을 받아쓰는 업체가 하나 더 생겨난 실정이니 노경표로서는 반가울 수밖에 없는 이야기였다.

"그래? 그런 거라면 내가 고맙지."

한 번 거래를 트고 나면 잠정적인 이익을 쉬사리 계산할 수 없기 때문에 노경표의 입장에서는 경묵의 말이 더욱 고맙게 들릴 수밖에 없었다. 호의 덕분에 갑작스레 좋아진 기분 탓인지, 아니면 지금까지의 정이나 유대감 탓인지는 모르겠지만 노경표는 일순 경묵과 정혁을 최대한 돕고싶다는 생각을 했다. 다음 순간, 노경표는 경묵이 상상치도 못한 의외의 말을 건넸다.

"몇몇 물건들이야 그렇다고 쳐도, 중요 식재료들은 직접 구매해서 쓰는 게 어떤가?"

"네?"

노경표는 헛기침을 몇 번 해보인 후에 다시금 말을 이어나갔다.

"사실 내가 요리사가 아니다보니 이쪽 밥을 몇 년을 먹었어도 뭐가 신선한 거고 뭐가 좋은 건지는 잘 모른다 이

거야."

"네? 무슨 말씀이신지……."

"기본적인 식자재야 내가 직접 납품을 해주겠다만, 내가 물건을 받아쓰는 거래처를 몇 곳 소개를 시켜줄 테니까……. 중요 식재료는 직접 구입을 하는 것이 맛을 증진시키는 데 조금이나마 도움이 되지 않을까 해서 하는 말이야."

노경표 입장에서는 힘든 제안이 아닐 수 있었다.

지금 노경표가 물건을 받고 있는 거래처들은 모두 다 직접 발품을 팔아서 비교를 하고 튼 거래처들이었다. 남들은 잘 시간에 농수산물 시장으로 걸음을 옮겼다. 직접 발품을 팔며 여러 업체들을 비교하고 비교해온 덕분에 현재의 거래처들을 손에 쥐고 있던 것이었으며, 한 거래처와의 거래를 꾸준히 이어옴으로서 남들보다 조금 저렴한 가격에 들여오고 있는 물건들도 있었다.

거래처들은 자신들의 우량고객인 노경표가 직접 소개시켜준 경묵이나 정혁이라면, 동일한 가격은 아니더라도 분명 남들보다 싼 가격에 물건을 넘겨줄 것이 분명했다.

결론적으로 이 제안은 몇 가지 품목에 있어서만큼은 판매를 포기하겠다고 마음 먹고, 본인이 해온 노력 역시 기꺼이 양보하겠다고 마음을 먹어야만 꺼낼 수 있는 제안이었다.

물론 자신이 크게 손해를 보는 호의는 아니겠지만, 사실상 베푸는 입장에서 배가 아플 수 밖에 없는 호의였다. 그럼에도 불구하고 노경표가 이런 제안을 할 수 있었던 데에는 사실 다른 이유가 있었다.

　납품기사와 구매 업체들 간에는 눈에 잘 보이지는 않더라도 분명한 갑을관계가 존재했다. 바쁘다는 핑계로 배달 온 자신에게 눈길 한 번 주지 않던 대부분의 가게들과는 다르게, 정혁과 경묵은 아무리 바쁘더라도 직접 팔을 걷고 나서서는 배달 온 물건을 나르는 것을 도와주곤 했다.

　더군다나 끼니를 거른 것은 아닌지 걱정을 해주며, 시간이 맞는 날에는 식사를 대접해주기도 하였다.

　정혁과 경묵의 처신이 이렇다보니 한낱 납품업체 배달기사인 자신과도 관계가 친밀해지지 않을 수가 없었던 것이다.

　여태껏 자신은 물론 동료 배달기사들의 경험을 다 포함해 보더라도, 자신이 납품하는 식당의 사장도 아니고 직원들과 술을 마셨다는 이야기는 들어본 적이 없었다.

　다른 가게들 중에서도 분명 직원들의 행동이 호의적인 곳이야 몇 곳이 있긴 했지만, 경묵이나 정혁처럼 친근하게 다가와준 이들은 없었다.

　그렇다보니 노경표는 어느 순간부터 북경각으로 들어

갈 식자재들을 가장 신경 쓰고 있었고, 최대한 한가한 시
간에 납품을 하려 노력을 하곤 했다. 두 사람이 바쁜 와중
에 주방 밖으로 나와 자신을 돕는 것이 미안했기 때문이
었다.

한참동안의 정적을 깨며 입을 뗀 것은 경묵이었다.

"정말 그렇게 해도 될까요……? 만약 그렇게 해주신다
면 저희야 정말 고맙죠."

"물론이지. 누가 개업을 했는데."

노경표가 살짝 무던하게 대답했음에도 불구하고, 경묵
은 괜스레 가슴이 뛰는 것이 느껴졌다.

아마 노경표가 사용한 '개업'이라는 단어 때문인 것 같
았다. 그리고 노경표 역시 경묵과 이런 대화를 나누고 있
자니 어렴풋이나마 기분이 좋아지는 것이 느껴졌다.

자신이 납품하던 가게에서 일하던 꼬맹이가 사장이 되
었단다.

자신이 경묵을 처음 보았을 때만 하더라도 얼굴 잔뜩
앳기가 어려 있었다.

차츰 차츰 시간이 가면 갈수록 실감하지 못할 만큼 느
린 속도로 앳기가 점점 가시더니 어느덧 자신의 거래 고
객 중 한명이 되었다. 아무래도 감회가 새로울 수밖에 없
었다.

"고마워요, 아저씨."

"그래, 그래. 거래처 목록이랑 전화번호 정리해서 바로 보내줄게. 미리 말도 해놓으마. 그리고 중요하게 할 말이 하나 있는데……."

"네, 말씀하세요."

갑작스레 살짝 무거워진 분위기 속에서 노경표가 장난기어린 목소리로 말했다.

"이제 아저씨 말고 형님이라고 해라. 내가 어딜 봐서 아저씨냐?"

경묵은 새어나오는 웃음을 간신히 억누르며 말했다.

"알겠습니다, 형님."

노경표가 워낙 노안이라서 형님이라는 칭호를 사용하라 한 것이 우스워서 웃음이 나온 것이 아니었다. 너무 고마웠다. 이렇게까지 자신을 생각해 주는 것이 그저 너무 고마웠다.

전화를 끊고 나서도 가슴 한편을 머무르던 따뜻함이 가실 줄을 몰랐다. 계속해서 새어나오는 웃음은 덤이었다.

⚽

경묵은 한강주차장에 주차된 푸드트럭을 꺼내서 서은의 집 근처로 갔다.

한참 뒤에 골목 어귀에서 모습을 나타낸 서은은 후드

티의 모자를 뒤집어쓴 채, 초췌한 얼굴로 트럭을 향해 터벅터벅 걸어왔다.

화장기가 전혀 없는 얼굴임에도 불구하고 수수한 모습이 썩 나쁘지 않았다.

"서은씨, 어서 와요."

"오늘 얼굴이 보기 좋은 게 잘 주무셨나 봐요?"

서은은 능청스럽게 인사를 건네며 조수석 의자에 앉았다. 표정이 썩 밝지 않은 것이 아직까지도 살짝 숙취에 시달리고 있는 듯 보였다.

경묵은 다시금 트럭의 시동을 걸며 말을 건넸다.

"뭐라도 마실래요?"

"아니에요, 속이 너무 안 좋아서……."

"그럼 집에서 쉬는 게 어때요? 시장은 혼자 다녀와도 괜찮은데."

서은은 손사래를 치며 크게 외쳤다.

"아니에요, 무조건 같이 가야해요!"

서은이 갑작스레 큰 소리를 내며 완강하게 거절해보인 탓에 경묵은 살짝 놀란 감이 없지 않아 있었다. 사실 경묵이 원하고 있던 대답이기도 했다. 같이 물건을 떼러 가는 것을 일종의 '이색 데이트'라고 생각하며 내심 기대하고 있었기 때문에, 물어보는 와중에도 혹시라도 거절하면 어쩌지 하며 고심하고 있었다.

경묵이 페달에서 천천히 발을 떼자, 트럭이 앞으로 나아가기 시작했다.

트럭은 노량진 수산시장으로 향하고 있었다.

두 사람이 다시 땅에 발을 붙인 것은 노량진수산시장 뒤편에 마련된 주차 타워에 트럭을 세워두고 나서였다. 차 문을 열고 내리자마자 비릿한 향이 코를 마구 찔러댔다.

순간, 서은은 살짝 표정을 찌푸렸지만 아무렇지 않아 보이는 경묵을 한 번 바라보고는 표정관리를 하기 위해 힘썼다.

그 때, 경묵이 들고 있는 노트 한 권이 서은의 눈에 들어왔다.

"그게 뭐에요?"

"이거요?"

경묵이 손에 쥐고 있던 노트를 흔들어보이며 되묻자, 서은이 고개를 끄덕였다.

"이게 10억짜리 노트입니다. 10억짜리 노트."

말을 마친 경묵이 한 번 밝게 웃어 보이며 걸음을 옮기는 속도를 올렸다.

경묵이 손에 들고 있던 노트는 영업내용을 기록할 장부였다.

가장 첫 장에는 노경표에게 건네받은 거래처들의 상호

와 전화번호가 기입되어있었다.

서은은 아리송하다는 표정으로 앞서가는 경묵의 뒤를 쫓아가기 시작했다.

시장 안에 들어서자, 코를 찌르는 비릿한 향이 더욱 강해졌다.

얼음이 담긴 자루를 잔뜩 태우고 시장을 누비는 지게차, 멀찍이 떨어진 곳에서 들려오는 경매소리, 활어가 담긴 수레를 끌고 다니는 아저씨들.

수산시장은 서은이 상상하던 모습을 그대로 갖추고 있는 곳이었다.

"우와…… 정말 수산시장같이 생겼네요."

한 걸음 한 걸음을 옮길 때마다 서은은 주변을 둘러보느라 바빴다. 물론, 주위를 둘러보는 것에서 멈추지 않고 걸음을 옮길 때 마다 감탄을 연발하고 있었다.

"우와, 저 새우는 엄청 크네요. 한 마리 먹으면 배부르겠어요!"

"우와, 저 꽃게 봐요!"

"우와, 저 가재 봐요! 집게를 묶어놨네요? 집히면 아프긴 한가 봐요!"

"우와, 연어다! 저 연어 정말 좋아해요!"

"우와, 상어도 있어요! 더 큰 상어는 없나?"

"우와아아아! 여기 너무 신기해요!

215

경묵은 어린 아이처럼 사소한 것에도 신기해하는 서은
이 너무도 귀엽게만 느껴졌다.

둘러보느라 바쁜 것은 경묵도 마찬가지였다. 여기저기
번잡하게 매달려있는 간판들 속에서 노경표에게 소개받
은 거래처의 상호를 찾아 걸음을 옮기고 있었다.

'한강수산…. 한강수산…….'

이윽고, 경묵의 눈에 벽면 상단에 매달린 동그란 간판
하나가 눈에 들어왔다. 경묵이 찾던 '한강수산'은 앞으로
늘어서있는 가게들 틈 사이에 숨어 있었다.

'이런 곳에 숨어 있으니 찾을 수가 있나…….'

물론 경묵의 개인적인 소견이었다. 냉동 수산물 업계에
서 세 손가락에 드는 '한강 수산'은 거의 모든 수도권 식
당들에 납품이 이루어지고 있는 대물 기업이었다.

통로를 따라 안으로 들어서자, 컴퓨터가 하나 놓인 책
상이 있고 냉장고가 몇 개 있는 작은 사무실이 나타났다.

사무실 안에는 포장마차에서 주로 사용하는 플라스틱
의자들이 잔뜩 포개어져 있었고, 몇 개는 바로 앉을 수 있
도록 꺼내져 있었다.

책상에 앉은 남자는 바쁘게 키보드를 두드리며 멀찍이
떨어진 곳에 자리를 잡고 앉은 손님과 대화를 나누며 키
득이고 있었다.

경묵과 서은이 들어서자 책상 앞에 앉은 남자가 곁눈질

로 두 사람을 바라보며 물었다.

"어떻게 오셨어요?"

"물건을 좀 받으러 왔는데요."

남자는 그제야 손을 멈추고 경묵을 바라보며 물었다.

"혹시, 노 사장님 소개로 오신 분…?"

"아, 예 맞습니다."

"아이고, 반갑습니다! 한강수산 최용이라고 합니다! 이쪽으로 앉으시죠!"

남자는 자리에서 벌떡 일어나서는 옆에 놓인 플라스틱 의자로 두 사람을 안내했다.

두 사람은 갑작스러운 친절에 다소 어안이 벙벙해졌다.

최용은 특유의 붙임성 있는 말투로 경묵에게 말을 걸기 시작했다.

"말씀 많이 들었습니다. 중식집을 하신다고요?"

"아, 예. 그렇습니다."

"어린 나이에 대단하시네, 아! 저는 노 사장님하고는 호형호제 하는 사이입니다. 그러니 사장님께서도 편하게 형이라고 생각하시면 되겠습니다."

사글사글한 말투만 보아도 시장 밥을 많이 먹은 것이 느껴졌다.

먼저 들어와 앉아있던 손님은 중식집이라는 말에 반응하여 경묵을 지그시 바라보았다.

갑작스럽게 전개된 상황에 경묵은 몸 둘 바를 모르고 쭈뼛대다가 필요한 물건에 대한 얘기를 꺼내기 시작했다.

"그러니까 사장님 필요하신 물건이 두절새우하고, 오징어, 홍합, *칵테일 새우 (손질된 통 새우 살), 꽃게…. 꽃게는 톱밥 게가 필요하십니까? 냉동 꽃게?"

"우선 물건 좀 볼 수 있을까요?"

"잠시만 기다려주십쇼~"

최용이 책상 위에 놓인 무전기를 들어서는 입에 바짝 붙이고는 말하기 시작했다.

"야, 경용아 손님 왔다. 발주표 뽑아 놓을 테니까 물건 좀 들고 와라."

한참이 지나서 오토바이 한 대가 한강수산 앞에 멈춰섰다.

뒤로 잔뜩 실린 박스들이 가장 먼저 눈에 들어왔다.

저렇게 잔뜩 싣고 다녀도 중심을 잃고 넘어지지 않을지가 신기할 지경이었다.

무전을 받고 온 직원은 잔뜩 실린 물건들 중 경묵이 찾은 물건들을 골라내서 경묵의 앞에 내려 주었다.

경묵은 식자재를 천천히 살펴보기 시작했다.

'어라……?'

순간, 경묵은 정말 신기한 경험을 하게 되었다.

"와……."

최용은 감탄을 숨기지 못하는 경묵을 바라보며 입가에 웃음을 지은 채 말했다.

"저희 물건들이 좋기는 정말 좋습니다. 사장님이 보는 안목이 있으십니다!"

물론 수산물의 신선도 자체가 뛰어나긴 했지만, 경묵이 놀란 것은 물건이 좋아서 만이 아니었다. 단순한 신선도를 지나서 그냥 잠깐 보는 것만으로도 어떻게 조리했을 때 어떤 식감을 낼 수 있을지가 머릿속에 그려지고 있었다.

자세히 살피면 더욱 생생하게 그 이미지가 머릿속에 떠올랐다.

상당히 높아진 조리 능력치 덕분이었다.

조리 능력치의 이점은 오직 요리 실력의 증진에서 멈추는 것이 아니었다.

어제 첫 영업 개시를 하던 날에도 분명 이런 기분을 느꼈던 적이 있었다.

조리 순서에 차질이 없도록 몸이 먼저 반응을 해 주었고, 무언가에 홀린 듯 조리를 해나가던 자신의 모습이 떠올랐다.

이젠 재료를 육안으로 보고, 질을 파악하는 것을 넘어서서 조리 후의 모습을 꿰뚫어보고 있었다. 그 식감을 생생히 떠올리는 것을 넘어서서 조금이나마 구체적으로 맛을 상상할 수도 있었다.

실력은 결코 경력과 비례하지 않기에 있는 말이 청출어람(靑出於藍) 아니던가?

경력이 같다고 하더라도 실력에 있어서는 극심한 차이를 보일 수 있는 것이고, 그렇다고 하여 무작정 매달린다고 해서 실력을 끝없이 쭉쭉 늘려 나갈 수 있는 문제도 아니었다. 조금 억울한 이야기이긴 하지만, 그쯤 부터는 노력만으로 해결되지 않는 부분이 있기 때문이다.

요리에 매진해 온 경력자들 사이에서의 경쟁을 위해 필요한 것은 딱 2가지.

오직 감각과 재능이었다. 그리고 지금 경묵의 감각과 재능은 보시다시피 하늘을 찌를 기세로 펼쳐지고 있었다. 덕분에 경묵은 조리 능력치가 단순히 요리 실력만 올려주는 것이 아니라 감각적인 부분까지도 높여준다는 사실을 깨달을 수 있었다.

노력만으로는 채울 수 없는 갭을 조리 능력치를 통해 대체할 수 있게 된 것이다.

서은은 경묵의 옆에 바짝 달라붙어 귓가에 대고 조용히 물었다.

"이게 그렇게 좋은 물건들이에요?"

"우선 중간 이상은 가는 물건들이 분명하네요."

경묵은 다시금 신중히 재료를 둘러보다가 최용을 바라보며 말했다.

"대금은 매달 한 번에 정산해 드려도 되겠습니까?"

최용은 고민하듯 잠시 눈을 아래로 내리 깔았다가 금세 치켜들며 밝은 목소리로 답했다.

"그럼요, 물론이죠. 노 사장님 소개로 오신만큼 극진히 해드려야 하지 않겠습니까?"

윗입술 근처로 듬성듬성 나있는 얇은 수염들이 괜히 그를 더더욱 간사해 보이게끔 만들었다.

우선, 인간적인 부분이야 자세히 모르겠어도 융통성 있는 사람임은 분명했다.

경묵은 고개를 끄덕이고는, 자신의 차가 세워져있는 위치와 차량 번호를 알려주었다.

최용은 경묵을 의식한 듯 배달직원을 바라보며 말했다.

"야, 경용아. 새 물건으로 꺼내서 차에 실어드려. 사장님 차량 어디에 세워두셨죠?"

"외곽 주차장 2층에 3889 차량입니다."

경묵이 차량이 세워진 위치와 차량번호를 말해주자, 배달직원은 무언가 못마땅한 표정으로 고개를 끄덕이고는 바닥에 내려놓았던 물건들을 잔뜩 짊어지고 사무실 밖으로 나섰다.

앉아서 기다리는 동안 경묵은 최용이 건네준 영수증을 자신의 노트 사이에 끼워 놓았다.

서은은 모든 상황이 마냥 신기하다는 듯 연신 싱글벙글한 표정을 지어 보이고 있었다.

얼마 기다리지 않았을 때, 경묵의 물건을 실으러 출발한 배달기사가 돌아왔다.

"주차장 2층에 3889번 흰색 트럭 맞죠?"

"아, 예."

"차에 실어드렸으니까, 출발 전에 확인 한 번 해 보세요."

"알겠습니다, 감사합니다."

경묵과 서은이 앉아있던 자리에서 일어서자, 최용은 억지스러우면서도 묘하게 자연스러운 미소를 지으며 경묵을 향해 성큼성큼 다가왔다. 그리고는, 경묵을 향해 손을 내밀며 악수를 청했다.

"사장님, 앞으로도 잘 부탁드립니다."

호쾌한 목소리로 말한 최용은 다시 한 번 양쪽 입 꼬리를 바짝 올려보였다.

경묵은 최용이 눈에 띄게 상투적인 어투로 말한 것을 알고 있음에도 불구하고, 진심이 담긴 미소를 지어보이며 답했다.

"네, 감사합니다. 이렇게 좋은 물건들이라면 앞으로 매일 뵐 것 같네요."

사실, 경묵을 기분 좋게 해준 것은 물건의 질이 아니라, 최용의 말이었다.

'사장님.'

최용 덕분에 다시 한 번 느낀 사실이지만, 이제 다른 이들이 경묵을 부르는 호칭은 이제 사장님이었다.

'사장님이라……'

어찌 되었든 듣기에 참 좋은 말이라는 것은 분명히 알 수 있었다. 한강수산의 사무실을 나선 후 한껏 기분이 좋아진 경묵이 서은을 바라보며 물었다.

"서은씨, 우리 찬거리도 조금 사갈까요?"

"완전 좋아요!"

"먹고 싶은 거 있어요?"

경묵이 나지막하게 물으며 서은을 내려다보았다. 그런 경묵을 바라보던 서은의 뺨이 살짝 붉어졌다. 경묵의 등 뒤로 들려오던 시장의 시끄러운 소리가 점점 잦아드는 듯 느껴졌다.

"음, 조금만 생각해 볼 게요."

그게 서은이 고개를 푹 숙인 후에야 간신히 한 대답이었다.

두 사람은 시장을 천천히 돌며 식재료를 이것저것 구매했다.

시장을 두 바퀴나 돌고 나서 두 사람이 멈춰 선 곳은 시장 입구의 작은 호떡 포장마차였다. 함께 어묵과 호떡을 먹으며 도란도란 이야기를 나누고는 다시 차를 향해 걸음을 옮기기 시작했다.

서은은 이 곳이 마냥 재미있었다.

처음에 코를 찌르던 비린내가 지금은 제법 익숙하게 느껴졌다.

바닥 곳곳에 고여 있는 물이며, 장화에 고무장갑 앞치마를 두른 비슷한 차림으로 앉아서 손님을 기다리는 아주머니들, 가판에 놓인 물건들까지……

정말 상상하던 그림 그대로였다.

처음 오는 곳이었지만, 괜스레 친숙한 느낌이 드는 것이 정말이지 좋았다.

경묵이 문득 나란히 걷고 있는 서은을 살짝 내려다보았을 때, 바닥에 고인 물웅덩이를 피하며 걷고 있는 서은이 눈에 들어왔다. 그런 서은의 입가에 걸린 미소가 참 기분 좋았다.

❀

그 후 순탄하게 흘러간 며칠 사이에 푸드트럭의 영업 방침은 더욱 견고해졌다. 우선 푸드트럭 '경묵이네 북경각' 만의 SNS와 블로그가 생겨났다. 관리는 정혁이 도맡아서 했으며, 서은이 가끔씩 도왔다.

주로 판매하는 음식들의 사진을 올리거나, 영업 중인

푸드트럭의 모습, 심지어는 경묵과 정혁 그리고 서은의 일상적인 모습들도 게시를 하곤 했다.

SNS나 블로그에 방문하는 손님들이 친근함을 느낄 수 있도록 유도한 것이다.

세 사람이 머리를 맞대고 한 달 분량의 영업일정을 미리 계획해 두었고, 가게를 얻기 전 까지는 주류 판매를 하지 않기로 마음먹었다. 자리가 협소한 와중에 주류를 판매하다 보면 테이블 회전이 잘 되지 않는다는 것이 그 이유였다.

영업시간은 매일 저녁 5시부터 새벽 2시까지로 정해두었지만, 마감시간인 새벽 2시까지 장사를 한 적은 단 한 번도 없었다. 늦더라도 매일 저녁 10시쯤이면 재료가 동나는 바람에 그 전후를 기점으로 하여 영업을 마쳐야 했다.

경묵은 항상 정해진 양 만큼의 식재료를 준비해 두었고, 정해진 양 만큼만 판매하였다.

덕분에 조금이라도 늦게 찾아온 손님들은 음식 맛을 보지 못한 채로 걸음을 돌리기 일쑤였다.

경묵이 조리한 음식을 먹어본 손님들은 인터넷을 통해 맛에 대해 극찬을 해주었고, 반대로 먹어보지 못한 손님들은 인터넷에 그 아쉬움을 토로했다.

이렇게 소문이 양방향으로 퍼지다보니, 대부분의 누리꾼들이 '경묵이네 북경각'에 대한 궁금증을 갖게 되었다.

'대체 얼마나 맛이 좋기에 다들 저 난리를 치는 거지?'

이름난 식당도 아니고, 한낱 푸드트럭이 반복적으로 인터넷을 뜨겁게 달구니 궁금증이 생기는 것이 당연했다. 이러한 마케팅은 일반인 뿐 아니라, 여러 미식가들을 자극했고, 여러 평론가들을 궁금케 했다. 결과적으로 가장 중요한 것은, 맛을 본 미식가들과 평론가들이 극찬할 수밖에 없던 음식의 맛이었다. 만약 맛에 대한 자신이 없었다면 애초에 펼칠 수도 없었던 작전이었다.

이들의 작전은 가히 성공적이라고 할 수 있었다.

이미 이름난 블로그에 게시되는 것은 물론, 유명한 평론가들의 호평을 받기도 했다. 덕분에 돈 한 푼 쓰지 않고 어마어마한 홍보효과를 거두게 된 것이다.

✦

잠에서 깬 정혁은 눈 비빌 새도 없이 컴퓨터 전원을 켰다. 요 며칠 규칙적인 생활을 한 덕분인지, 아니면 장사가 잘 되는 탓인지 얼굴 폈다는 소리를 참 많이 들었다.

정혁의 하루 일과는 웹 서핑으로 시작된다. 다른 것을 하는 게 아니라 푸드트럭과 관련된 게시물들을 살펴보며 어떤 의견들이 오고 가는지, 혹은 손님들이 어떤 점에서 아쉬움을 느끼는지를 파악하곤 했다.

대충 인터넷을 살펴 본 정혁은 컴퓨터를 끄기 전에 마지막으로 직접 운영 중인 '경묵이네 북경각'의 블로그와 SNS를 한 번 둘러보기 시작했다.

이렇게 지속적으로 관리를 해 주어야 할 수밖에 없는 것이, 음식을 맛보지 못한 손님들이 가끔 억하심정에 욕설을 잔뜩 써놓기도 했다.

"어라?"

모니터를 들여다보던 정혁이 소리 내어 말했다. 그리고는 눈을 몇 번 비벼 보았다. 정혁은 멍한 눈으로 까치가 집을 지은 것 같은 뒷머리를 벅벅 긁어댔다.

'내가 아직 잠이 덜 깼나?'

이윽고 미간에 주름을 잔뜩 잡은 채로 얼굴을 모이터에 가까이 들이밀고 눈을 가늘게 떴다.

그리고는 가장 최근에 도착한 쪽지를 천천히 읽기 시작했다.

F&F-KOREA : 안녕하세요? 식신탐험대, 완벽한 밥상, 저녁에 뭐먹지? 등 프로그램을 방영중인 케이블 TV 채널 F&F입니다. 다름이 아니라 사장님께 큰 관심이 생겨 이렇게 연락을 남깁니다. 현재 저희가 계획 중인 프로그램에 출연 의사가 있으신 지에 대해서 알고 싶습니다. 물론, 사장님께도 좋은 기회가 될 것이리라 사려 됩니다.

자세한 내용은 아래에 남긴 전화번호로 연락을 주시면, 성심 성의껏 답변해 드리도록 하겠습니다.

담당자 F&F-KOREA 기획팀 유승우 : 010 - XXXX - XXXX

'채널 F&F? 내가 아는 F&F라고?'

정혁은 자신의 뺨을 양손으로 한 번 세게 쳐 보았다. 양쪽 뺨이 모두 얼얼한 것이 꿈은 절대 아니었다. 심장이 불규칙적이지만 빠르게 뛰고 있음이 느껴졌다.

채널 F&F.

전문적으로 요리만을 다루는 국내 유일의 채널이었기 때문에 요리를 하는 사람들이라면 알 수밖에 없는 채널이었다. 정혁도 마찬가지였고, 경묵도 알고 있을 것이다.

우선 정혁은 담당자의 전화번호를 적어두고는 쪽지 내용을 다시 한 번 살펴보았다.

'……사장님께 큰 관심이 생겨 연락을 남긴다? 이번에 새로 계획하고 있는 프로그램? 설마?'

정혁은 빠른 속도로 인터넷 창을 열어 키보드를 두드려 F&F에 대해 검색을 해보기 시작했다.

엔터를 누르자마자, 가장 맨 위에 뜨는 기사들의 제목을 대충 살펴본 정혁의 입이 쩍 벌어졌다.

'F&F, 최대 규모 요리 서바이벌-슈퍼 오너셰프 코리아 계획 중.'

'국내 최고 오너 셰프들의 경쟁? F&F가 만든다!'

'F&F 오너 셰프 코리아의 남다른 심사위원 진 공개!'

정혁의 입가에 밝은 미소가 번졌다.

심장이 더욱 더 빠르게 뛰기 시작했다.

정혁의 눈에는 F&F가 경묵을 위한 밥상을 열심히 차리고 있는 듯 보였다.

국내 최고 요리채널까지 끌어들였으니, 이번 마케팅은 당연히 성공이다.

대 성공.

정혁은 담당자의 번호를 핸드폰 메모에 입력해둔 후, 경묵에게 전화를 걸었다. 그런데, F&F의 의도가 도무지 이해가 가질 않았다.

국내 최고 오너 셰프를 모아둔다는 자리에 어째서 한낱 푸드트럭의 사장인 경묵을 초청하려는 걸까?

우선 정혁은 잽싸게 준비를 마치며, 신발을 구겨 신고는 경묵에게 전화를 걸었다.

"어, 여보세요?"

"어, 형. 무슨 일 있어요?"

"너 F&F 알지?"

경묵은 코웃음을 치며 대답했다.

"무시하시는 겁니까? 당연히 알고 있죠. 대한민국 최고 요리채널 아니겠어요?"

두 사람은 영업을 마치고 종종 F&F에서 방영하는 프로그램들을 보며 맥주를 마시기도 했었다.

F&F에서 방영되는 프로그램 중, 두 사람이 가장 좋아하는 프로그램은 국내외 최고 셰프들이 소위 말하는 '망한 식당'을 찾아가서 메뉴 및 구조를 리모델링 해주며 구제를 해주는 내용의 프로그램이었다.

정상급 셰프들에게 이런저런 이유로 박살나는 사장과 요리사들의 모습은 측은하게 느껴지면서도 폭소를 자아내곤 했다.

외식사업을 하는 이들이라면 교과서처럼 챙겨보게 되는 프로그램들이 대부분 F&F에서 제작되고 있는 실정이었다. 그런데 지금, 그런 F&F에서 연락이 온 것이다.

"다름이 아니라 F&F에서 우리한테 연락이 왔어."

"……."

경묵은 벌써부터 영업 준비에 한창 열중하고 있는 것인지, 식기들이 부딪히는 소리가 수화기 너머까지 전해져왔다. 많이 당황한 것인지, 경묵이 쉽사리 말을 꺼내지 못하자 정혁이 말을 이어나갔다.

"우선 금방 갈 테니까, 만나서 이야기 하자고. 만나서."

"알겠어요, 형."

정혁은 경묵의 짧은 대답 속에 떨림이 담겨있는 것을
분명히 느낄 수 있었다.

❀

정혁이 도착했을 때, 경묵은 모든 영업 준비를 마쳐둔
상태였다. 정혁은 자신을 바라보며 고개를 숙여 보이는
경묵에게 미소를 한 번 지어보이며, 트럭 앞에 잔뜩 펴둔
테이블 중 하나의 의자를 잡아 빼고는 자리를 잡고 앉았
다.

경묵이 어안이 벙벙해 보이는 표정으로 정혁에게 다가
오며 물었다.

"형, 어떻게 된 거에요?"

"나도 잘은 모르겠어. 국내 최고 오너 셰프들을 모아서
경쟁하는 프로그램을 계획 중이라던데, 정확히는 모르겠
다."

"국내 최고 오너 셰프들이요? 그럼 제가 그 사람들과
경쟁을 해야 한다고요?"

아마 푸드트럭을 소개하는 맛집 기행 프로그램쯤으로
예상을 한 것인지 경묵의 표정에 불안이 담겼다.

정혁은 우선 휴대폰 메모에 입력해둔 담당자의 번호를
경묵에게 알려준 후 말을이었다.

"나도 정확히는 몰라, 새로 계획 중인 프로그램의 출연 섭외인 것 같은데 새로 계획하는 프로그램이 그런 프로그램이더라고. 우선 담당자랑 통화를 한 번 해보는 게 좋을 것 같네. 이게 담당자 연락처고, 담당자 이름은 유승우 라더라."

경묵은 정혁이 메시지 기능을 통해서 보내준 연락처를 한 번 훑어보고는 주머니에 넣었다. 그런 경묵의 행동이 의아하다는 듯 정혁이 되물었다.

"지금 전화 안 해보려고?"

"네, 있다가 제가 전화해서 잘 말해볼게요."

"응? 뭘 잘 말해?"

"저는 못하겠다고 잘 거절해야죠."

정혁이 어깨를 한 번 들썩여 보이고는 흥분한 목소리로 물었다.

"거절? 대체 왜?"

"지금 저희 계획한 일들도 다 못하고 있잖아요. 버프 음식은 판매 시작도 못했는데, 함께 병행하기엔 역부족 같아요."

"그래도 그렇지, 이건 기회야, 경묵아!"

경묵도 정혁의 말에 동의하고 있기는 했다.

기회?

맞다.

그것도 아주 엄청난 기회.

요리사로서 이름을 알릴 수도 있고, 지금껏 해온 마케팅 이상으로 푸드트럭을 홍보할 수 있는 기회.

더군다나 상금까지 거머쥔다면 별다른 고생 없이 연래춘정도 규모의 매장도 손에 넣을 수 있는 엄청난 기회겠지.

하지만 당장 계획하고 있던 버프 음식의 판매도 실천에 옮기고 있지 못한 실정에, 이런 저런 바깥일 까지 신경 쓸 자신은 없었다.

방송 출연이 아니더라도 국내 최고 요리채널 F&F의 출연 제의를 받은 정도라면, 충분히 성공적인 마케팅이 이루어 진 셈이다.

경묵은 우선 벌려놓은 일을 제대로 하는 것이 급선무라고 생각하고 있었다. 사실 푸드트럭은 경묵이 없다면 제대로 된 영업을 할 수 없는 상황 아니던가?

정혁을 믿지 못하는 것은 아니지만, 경묵이 내고 있는 맛을 내기에는 역부족일지도 모르는 상황이었다.

그 점은 정혁도 알고 있었고, 충분히 인정하는 부분이었다.

더군다나 가장 중요한 점은 국내에서 서로 정상을 다투는 오너 셰프들과의 경쟁이었다. 사실 아직 자신이 없었다.

화려한 이력을 자랑하는 그들에 비해 자신은 풋내기가 아니던가?

정혁은 이런저런 고민 탓에 정확히 답하지 못하는 경묵을 다그치듯 말했다.

"하, 경묵아. 잘 생각해 봐. 트럭 일은 둘째 치고, 요리사로서의 네 커리어를 생각을 해봐야지."

"형, 그런데 사실 자신이 없어요. 제가 잘 할 수 있을까요?"

정혁은 경묵의 반응이 영 답답한 모양인지, 허공을 바라보며 숨을 한 번 들이쉬고는 천천히 말을 이어나갔다.

"그건 아니지. 경묵아, 네가 프로그램에 출연을 한다고 해서 그 사람들을 무조건 이겨야하는 이유는 없어. 만약에 경쟁에서 패배하면 패배에서 너의 부족함을 찾으면 되는 거잖아. 네가 예전에 형한테 했던 말 기억 안나? 너는 뭐든지 처음부터 잘했던 건 하나도 없다며? 근데 노력하면 뭐든지 이뤄낼 수 있다며?"

손등에 화상자국이 얼룩덜룩하게 나있는 정혁의 두툼한 손이 테이블 위에 놓인 경묵의 손을 감싸 쥐었다. 튀김기 혹은 웍이나 팬에 담겨있던 기름들이 튀어 난 자국이 분명했다. 손바닥이 무척 까칠까칠하게만 느껴졌지만, 손에 담긴 온기만큼은 너무도 따뜻했다.

"가서 네가 1등을 하건, 꼴등을 하건 아무 상관도 없어.

네가 언제부터 결과에 목숨을 걸었다고 이렇게 위축돼 있어? 너는 멍청할 만큼이나 과정에 목숨 걸던 애잖아. 북경각에서 일하던 때를 생각해 봐. 네가 제일 먼저 출근해서 준비하고 있으면 매출이 올라? 아니면, 네가 밤늦게까지 생쌀로 볶는 연습을 하면 매출이 올라? 아니잖아?"

정혁의 모든 말 한 마디, 한 마디가 경묵의 가슴을 후벼 팠다. 각성 이후로 조금 안일하게 생각하던 부분도 없지 않아 있었다. 언제부터 자신이 경쟁을 두려워하게 된 걸까?

"형⋯⋯."

"경묵아, 잘 들어. 가서 무조건 지라는 말도 아니야. 가서 찢든 찢어지든 그건 별개의 문제일 뿐이야. 승패여부는 상관없잖아. 3년 전에 너 칼 처음 잡았을 때, 검지며 엄지며 데일밴드 덕지덕지 감아났던 거 기억하지? 그 때 상처가 지금의 널 만든 거라고. 눈 감고도 칼질 하는 지금의 너를 만들어준 게 다 그 상처잖아."

정혁의 말을 들은 경묵이 자신의 왼손을 내려다보자, 정혁이 사뭇 진지한 어투로 말을 이었다.

"그 때 그 상처 때문에 얼마나 아팠는지 기억은 나? 기억도 잘 안 나지? 왜이래, 임경묵? 중수는 된 줄 알았는데, 아직도 허접에 초보야? 상처 하나 더 나는 게 무서워? 그게 무서우면 넌 불 앞에 설 자격도 없는 거다."

이윽고 경묵이 고개를 떨어트리자, 정혁은 자신의 손아래 놓인 경묵의 손을 더욱 더 꽉 움켜쥐었다.

"그리고 네가 1등하지 말라는 법도 없다."

정혁은 한 번 더 숨을 들이쉰 후 더 없이 밝은 웃음을 지어보이며 말했다.

"너, 각성자잖아!"

※

F&F 기획 팀, 유승우가 건물 안으로 들어서며 땀을 한 번 닦아냈다. 외근을 하던 도중 기획팀장의 호출을 받은 탓에 급하게 돌아 온 덕분이었다. 아직까지 바람이 날카로운 날씨가 분명했지만, 육중한 몸을 이끌고 한참을 뛰어온 터라 이마에 땀이 송골송골 맺힐 지경이었다.

'보는 눈도 없는 새끼가……'

다른 잘 나가는 오너 셰프들도 아니고, 푸드트럭 사장을 섭외하겠다는 보고서 때문이 분명했다.

유승우가 생각하기에 기획팀장은 머저리 중에서도 최고 머저리가 분명했다. 글씨만 읽을 수 있으면 누구나 할수 있는 일을 하고 있는 주제에, 자신이 세워둔 훌륭한 계획안을 마음대로 고치려는 태도가 마음에 안 들었다. 물론 앞에서는 내색 한 번 할 수 없는 상황이 분명했기에,

그런 그가 더욱 더 괘씸하게만 느껴졌다.

기획팀장실 앞에 선 유승우가 한 번 비굴한 미소를 짓는 연습을 한 후에 숨을 들이쉬고는 노크를 했다.

똑똑-

"들어와."

유승우가 문을 열고 들어서자, 한껏 거만한 자세로 앉은 기획팀장이 미간을 잔뜩 구긴채로 유승우를 노려보았다.

"야, 장난치냐? 푸드트럭 풋내기를 이 판에 왜 끼운 거야?"

유승우는 문 앞에서 연습한 비굴한 미소를 한 번 지어보이며 말했다.

"죄송합니다."

"죄송이고 나발이고, 한낱 푸드트럭 애송이를 대체 왜 끼운 거냐니까?"

유승우는 자신의 충성심을 어필하기 위해 와이셔츠 소매로 한 번 더 땀을 닦아내며 말했다.

비굴한 미소는 필수 옵션이었다.

"대중들이 원하는 각본의 주인공이 될 수 있을 거라고 판단했습니다."

최대한 부드럽게 계획을 수정할 의사가 없음을 전달한 것이었다.

기획팀장은 탁상에 팔을 괜 채 고개를 살짝 기울이며 물었다.

"무슨 헛소리야?"

이쪽 역시 굽힐 의사가 없다는 것을 행동으로 보여주고 있는 셈이었다.

"푸드트럭의 젊은 사장이 여러 SNS나 블로그를 아울러 인터넷에서 엄청난 화제가 되고 있습니다."

"그래서?"

유승우는 입가에 걸린 비굴한 미소를 잃지 않으며 말을 이어나갔다.

"장안의 화제가 되어있는 푸드트럭의 젊은 사장의 우여곡절 가득한 인생사를 넣어서 보여주다가 중간에 탈락시키더라도 이목을 끌기에는 충분하다고 사려 됩니다. 만에 하나 젊은 사장이 우승을 거머쥐면 반응은 더 뜨겁겠지요."

기획팀장은 상체를 뒤로 젖히며 유승우를 바라보았다. 유승우는 계속해서 말을 이어나갔다.

"대중들이 그에 대해 언급하면 언급할수록, 프로그램 인지도도 함께 수직상승 할 것이 분명합니다."

"아니, 그런데 한낱 푸드트럭 사장의 요리 실력을 어떻게 증명 하냐는 거야. 1급수를 흐릴지도 모르는 미꾸라지 새끼를 밑도 끝도 없이 왜 쳐 넣었냐는 말이야? 알아들어? 우여곡절 끝에 개업하고, 가게 대박 낸 사장이 전국에 걔 하나야?"

일순, 유승우의 입가에 어려있던 비굴한 미소는 온데간 데 없이 사라지더니 자신에 찬 목소리로 대답했다.

"제가 먹어봤습니다. 어중이떠중이들은 상대도 안 되는 맛이더군요."

이 말은 절대 허언이 아니었다. 길게 늘어선 줄을 기다리고 기다려서 맛보고 온 적이 있었다.

젊은 사장의 조리 실력이 웬만한 중식집의 주방장들보다 월등하다는 것 하나만큼은 분명했다.

"그래도 아니야, 푸드트럭 애송이한테 연락 오면 불발 됐다고 밝히고 대충 죄송하다고 둘러대고 끝내. 어디서 건방지게 섭외를 하고나서 계획서를 들이밀어? 판은 내가 짤 테니까 넌 지켜나 보라는 거야? 뭐야?"

말을 마친 팀장은 신경질적으로 유승우의 기획안을 바닥에 집어던졌다.

'그래, 바로 그거다. 이 자식아.'

일순 방 안에 정적이 흘렀다. 기획팀장은 안경을 한 번 치켜 올리며 유승우에게서 시선을 거두었다.

유승우가 나가지 않고 제 자리에 서있자, 기획팀장이 물었다.

"뭐 해? 안 나가고?"

"그렇게는 안 되겠습니다. 죄송합니다."

"뭐야?"

방 안을 맴도는 공기에 가시가 돋은듯 숨을 쉴 때마다 목구멍이 따끔따끔 했다. 유승우는 육중한 몸으로 뒷짐을 지고 선 채, 한 걸음도 물릴 생각이 없다는 듯 기획팀장을 바라보고 있었다.

11장. 나는 나를 강화한다

MODERN FANTASY STORY

각성!
북경각

각성!

11장. 나는 나를 강화한다

북경각

MODERN FANTASY STORY

    유승우는 어이가 없다는 듯 되묻는 기획팀장을 쏘아보며 답했다.

    "저한테 찾아온 어마어마한 성공의 기회를 이렇게 허무하게 놓칠 수는 없습니다. 한 번만 믿어주십시오. 지금까지 추진해온 모든 프로그램 다 잘되지 않았습니까? 대중들이 원하는 인물이 분명합니다."

    분명 부탁하는 말이었지만, 목소리에는 날이 서있었다. 성공하겠다는 야욕으로 똘똘 뭉친 유승우가 꺼내든 최고의 승부수는 팀장이 말하는 푸드트럭 애송이 '임경묵'이었다.

    만약 경묵이 어설픈 규모의 가게를 가지고 있었다면,

섭외 명단에 올릴지 말지에 대한 고민을 단 몇 초도 하지 않았을 것이다. '대중들이 원하는 건 숨은 고수다.'

협소하다 못해 열악한 트럭이라는 업장에서, 젊은 나이의 사장이 장사를 한다?

더더군다나 불우한 집안 환경까지 운운한다면 최고의 이슈거리를 만들 수 있었다. 보나마나 사람들은 그런 경묵을 바라보며 생선가시 같은 업적에도 공룡의 살을 붙여대며 엄지손가락을 치켜 올려줄 것이 분명했다.

유승우의 감이 그렇게 말해주고 있었다.

어떻게 알았냐고?

그야 당연히 돈이 있었으면 그 실력으로 가게를 차렸겠지. 친척이든 부모님이든 찾아가서 맛 한번 보여주고 땡겨 받은 돈으로 동네 골목 어귀에 협소한 가게라도 차려놓고 장사를 하고 있었겠지. 총 맞았다고 그 실력으로 푸드트럭을 운영하고 있을 리가 없었다.

대중들이 원하던 숨은 고수가 SNS와 블로그, 그리고 인터넷에 모습을 드러냈다.

그의 역량이야 대중의 관심이 한 번 입증을 해 주었고, 자신의 혀가 한 번 더 인정을 해보이지 않았던가?

젊은 사장 곁에 어떤 유능한 마케터가 달라붙어 도움을 주었는지 아니면 젊은이들의 참신한 생각이었는지는 몰라도, 근본적으로 맛이 없으면 성공할 수 없는 마케팅이었다.

진실을 감추어 두려 덮어둔 얇은 보자기는 몇몇 이들의 손가락 놀림 몇 번에 쉽게 거두어질 수 있는 것이 순리 아니던가?

유승우 스스로 생각하기에 자신의 역할은 준비된 실력의 그를 대중 앞에 꺼내놓는 것, 그리고 성공가도에 오를 그의 바짓가랑이를 부여잡고 함께 승진하는 것이었다.

임경묵의 섭외만큼은 절대 포기할 수 없었다. 안목 없는 상사에게 발목이 잡혀 성공이 늦춰지는 꼴을 보고 싶지는 않았다. 우발적인 감정일 수도 있지만, 이번 기획의 발의가 정상적으로 이루어지지 않는다면 퇴사하겠다는 마음까지 먹고 있었다.

유승우는 다시 한 번 예리하게 날이 선 목소리로 기획팀장에게 말했다.

"그간 해온 일들을 봐서라도 한 번만 믿어주실 수 없으시겠습니까?"

기획팀장은 꿀 먹은 벙어리 마냥 가만히 유승우를 노려보다가 못 마땅한 표정으로 나가라는 듯 손짓을 해보이고는 말을 덧붙였다.

"그래 좋을 대로 해 봐. 대신 단단히 각오해라. 얼마짜리 프로그램인지는 잘 알지? 조금이라도 악영향 끼치면 그때 너는 끝이다."

유승우는 고개를 깊게 숙여 인사를 해 보이고는 나지막
히 말했다.

"감사합니다. 열심히 해보겠습니다."

문을 열고나서는 유승우의 표정에는 독기가 잔뜩 어려
있었다. 살포시 문을 닫고 나서는 유승우가 인상을 잔뜩
쓴 채 나지막이 지껄였다.

"무능한 자식, 이래서 네가 내 발밑인 거다."

그 때, 바지 주머니 속에 든 유승우의 핸드폰이 진동하
기 시작했다. 진동을 느낀 유승우는 핸드폰을 꺼내들어
액정을 뚫어져라 쳐다보았다. 핸드폰 액정에 떠있는 낯선
전화번호는 번호를 바라보던 유승우의 입가에 미소가 지
어졌다.

'대어한테 입질이 왔군.'

유승우는 능숙하게 한 손으로 수신 버튼을 누르고 핸드
폰을 귓가에 가져다댔다.

"예 F&F 기획팀 유승우입니다."

❀

유승우는 저녁 10시 무렵 영업이 끝난 경묵의 포장마차
를 찾았다. 내일 오전에야 시간이 날 것 같다는 경묵을 조
금이나마 빨리 만나보고 싶은 마음에 염치 불구하고 영업

이 끝날 쯤 직접 방문한다면 만나 뵐 수 있겠냐고 묻고, 찾아온 것이다.

테이블 위를 물수건으로 닦던 서은이 유승우를 발견하곤 밝은 미소를 지어보이며 말했다.

"손님, 죄송한데 오늘은 재료가 다 떨어져서요."

유승우는 손가락으로 안경을 한 번 올려보이고는 안 주머니에서 자신의 명함 꺼내어 서은에게 건넸다.

"아, 사장님을 만나 뵈러 왔는데요."

"사장님이요?"

명함을 건네받은 서은은 자연스레 명함을 한 번 훑어보고는 곧장 뒤를 돌아 푸드트럭 안을 바라보았다. 그리고는 안에 서서 식기를 닦고 있는 경묵을 소리쳐 불렀다.

"경묵씨!"

경묵은 실눈을 뜬 채로 서은과 유승우를 번갈아보고는 금세 주방 칸에서 내려왔다. 급한 걸음으로 유승우의 앞에 선 경묵이 긴가민가한 듯 물었다.

"혹시 F&F에서 오셨나요?"

"아, 예. 맞습니다. 유승우입니다."

유승우는 특유의 사글사글한 말투로 인사를 건네며 손을 내밀었다.

경묵의 제법 두툼한 양 손이 유승우의 손을 맞잡아주었다.

"어떻게 커피라도 드시겠습니까?"

"아, 예. 감사합니다."

"이쪽에 앉으시죠."

경묵이 테이블 앞에 놓인 의자를 빼내며 말했다. 유승우의 뚱뚱한 몸이 플라스틱의자에 안착하자, 의자가 불협화음을 내며 다리를 살짝 벌렸다. 동시에 경묵의 걱정스러운 시선이 잠깐 의자 다리에 머무르다가 거두어졌다.

"커피는 제가 가져다 드릴게요. 두 분은 말씀 나누세요."

서은은 손에 쥐고 있던 물수건을 열심히 닦던 테이블 위에 올려두고는 종종걸음으로 주방 칸으로 걸음을 옮겼다.

유승우는 그런 서은의 뒷모습을 잠시 바라보다가 금세 경묵에게로 시선을 옮겼다. 경묵은 테이블 의자를 빼내고는 그 위에 앉으며 조심스럽게 입을 뗐다.

"저, PD님. 사실 말씀드려야 할 사항이 하나 있어서요."

"예……? 어떤……?"

경묵이 너무 조심스럽게 말을 꺼내자 혹시라도 출연의사가 없음을 밝히려는 것은 아닌지 싶은 마음에 괜한 불안이 들었다. 만약 경묵이 출연을 거절한다면, 기획팀장 앞에서 보인 자신의 모습이 설레발이 된다. 곤욕스러운 상황이 아닐 수 없었다.

유승우는 어떻게 경묵을 구워삶아서 출연시킬지를 벌써부터 고민하고 있었다. 그러나 경묵의 입에서 나온 다음 말은 유승우가 전혀 예상치 못한 말이 분명했다.

"걸음하시기 전에 미리 말씀을 드렸어야 했는데…….
사실 제가 각성자입니다. 그런데도 출연을 할 수 있을까 해서요."

유승우는 그제야 참고 있던 숨을 내쉬었다. 거절이 아니라는 사실을 깨닫자 본인도 모르게 나온 안도의 한숨이었다.

"그 부분이라면 아무런 문제 될 것 없습니다. 실은 이미 섭외되신 분들 중에도 각성자가 한 분계십니다. 사실상 세계 최정상급 셰프 분들만 놓고 본다면 상당수가 각성자이지 않습니까?"

유승우의 말을 들은 경묵의 얼굴에 희비가 교차했다. 출연을 할 수 있다는 것은 좋은 소식이 분명했지만, 경쟁자 중에서도 각성자가 있다?

경묵은 천천히 고개를 끄덕여 보이고는 말을이었다.

"그렇군요. 다행입니다. 그런데 사실 마음에 걸리는 점이 한 가지 더 있습니다. 저는 가게를 오래 비울 수가 없습니다. 제가 가게를 비우게 되면 제대로 영업이 되지 않는 상황이라 서요."

경묵의 걱정스러운 물음에 유승우는 밝게 웃으며 대답해 주었다.

"그건, 다른 오너 셰프 분들도 마찬가지입니다. 경영은 물론, 주방일도 총괄하고 계신 분들이신 만큼 위임이 불가능한 중책을 맡고 계시는 경우가 태반이죠. 녹화는 6개월에 걸쳐서 진행될 예정입니다. 촬영일은 매 달 두 번, 둘째 주 월요일과 넷째 주 월요일입니다."

'둘째 주 월요일과 넷째 주 월요일이라⋯⋯.'

월 2회 촬영이라면 부담을 덜 수 있었다. 더군다나 월요일은 식당을 운영하는 입장에서 그나마 가장 부담이 덜한 날이라고 할 수 있었다. 수준급의 식당이라면 몰라도 대부분의 식당들은 월요일이면 매출이 한 풀 꺾이는 양상을 보인다. 그렇기에 대부분의 식당들은 직원들의 휴무를 월요일로 맞추고 싶어 하는 것이다.

더 이상 고민의 여지가 없었다.

진행하고 있는 푸드트럭의 운영에도 아무런 문제가 없고, 사실 푸드트럭에 정해진 휴일이 없던 터라 두 날을 휴일로 지정해버리면 그만이기도 했다. 다른 참가자들은 몰라도, 경묵의 입장에서는 월 2회의 휴무가 그다지 큰 손해를 감수하는 일은 아니었다.

"음, 그렇군요."

"당장 결정을 내리시기가 쉽지는 않으실 겁니다. 이제

프로그램에 대한 본격적인 소개를 조금 드려도 되겠습니까?"

그 때, 서은이 종이컵에 담긴 믹스커피 두 잔을 테이블 위에 내려놓고 고개를 살짝 숙여 보인 다음 다시금 물수건을 쥐고 사라졌다.

경묵은 한 번 밝게 웃어 보인 다음, 따뜻한 커피가 담긴 종이컵을 한 손에 쥐었다.

유승우는 곧장 프로그램에 대한 소개를 시작했다. 참가자는 경묵을 포함하여 총 20명이었다.

유승우의 말을 들어본 결과, 요리는 물론 경영에 관련된 부분까지 종합적으로 심사 및 평가를 받아 탈락자가 결정되는 서바이벌 프로그램이라는 것.

그 우승 상금만 하더라도 자그마치 10억 원이었다. 그 뒤로 따를 인지도와 명예, 간접 홍보효과까지 생각해 본다면 적어도 그 이상일 것이 분명했다.

경묵은 이번 기회에 요리계의 1, 2위를 다투는 심사위원 진과도 안면을 틀 수 있을뿐더러, 실제로 실력증진에도 크게 도움이 될 것 같다는 생각이 들었다. 그들의 밑으로 들어가서 요리를 하거나 할 생각은 추호도 없었지만, 적어도 이번 경험이 자신의 요리 인생에 있어서 크나큰 도움이 될 것이란 사실은 알 수 있었다.

나름 간략하게 설명을 마친 유승우가 경묵에게 말했다.

"빠른 시일 내에 출연 의사를 밝혀주셨으면 합니다. 만약 출연 의사가 없으시다면 대체 인원도 알아봐야 하거든요."

"아, 저는 출연하고 싶습니다."

경묵이 곧장 대답을 내리자, 유승우는 그제야 조금 미적지근해진 커피를 입 안에 잔뜩 털어 넣었다. 이윽고 유승우는 상투적인 말을 한없이 자연스럽고 친절한 목소리로 담아내는 놀라운 모습을 보였다.

"뜻을 함께 해주셔서 정말 감사합니다. 이번 일이 부디 좋은 기회가 되었으면 좋겠습니다."

그 후 유승우는 가방에 담겨있던 출연계약서를 꺼내서 경묵에게 내밀었다.

경묵이 계약서를 작성하는 약 십분 가량의 시간 동안에도 두 사람은 프로그램에 관한 이런저런 이야기를 나누었다. 촬영 시작일이 언제인지, 촬영 장소는 어디인지, 어떤 형식으로 진행이 되는지에 관한 이야기였다. 이야기를 대충 마무리 짓고 난 후, 경묵은 유승우를 근처 큰길가까지 배웅해주었다.

돌아온 경묵은 유승우가 찾아오기 전에 하고 있었던 뒷정리를 마무리 짓기 위해 트럭 주방 칸에 올라섰다. 개수대에 잔뜩 쌓인 접시들을 천천히 닦아내던 경묵은 사념에 잠겼다.

첫 촬영일 까지는 한 달이 조금 넘는 시간이 남아있었

다. 적어도 첫 번째 탈락자가 되지 않기 위해서는 그 한 달 안에 무언가 큰 변화를 이루어내야 할 것 같다는 생각이 들었다. 아무리 일반인이라고 하더라도 조리 능력치의 수치는 각성자 보다 높을 수 있었다.

요리라는 것이 육체적인 능력이 절대적으로 반영되지는 않는 다는 점에서, 또한 절대적으로 경험과 연륜을 무시할 수 없는 직종이기에 각성 여부를 막론하고 그들 모두가 경묵의 쟁쟁한 경쟁상대일 것이라고 예상했다.

물론 몇 되지 않을 각성자들이 더 마음에 걸리는 것은 당연한 문제였다. 참가를 결심한 이상, 제대로 된 경쟁을 위해서는 자신이 조리한 요리의 색을 더 진하게 내는 방법을 터득해내야 했다.

경묵은 비누거품이 잔뜩 묻은 손바닥을 들어보이고는, 자신의 몸 안을 흐르는 마나를 천천히 모으기 시작했다.

이윽고 손바닥 위로 구슬만한 빛이 천천히 모습을 드러내더니, 그 크기를 점점 키워가고 있었다.

경묵은 손 위에 응축된 순수한 마나를 바라보며 생각에 잠겼다.

'직업군을 더 이용해 볼 방법이 없을까?'

경묵은 다른 각성자와는 차별화 된 각성자라고 할 수 있었다.

다른 요리사들 역시 특수 능력치가 '조리'로 발현되었을 수는 있겠지만, 버퍼와 강화사라는 직업군은 없을 것이 분명했다. 버프와 강화. 경묵이 양 손에 쥐고 있는 강력한 무기였다. 경묵은 지금 양 손에 쥐고 있는 무기를 어떻게 휘둘러야할 지에 대한 고민을 하고 있었다.

⚜

우선 경묵은 정혁과 서은을 먼저 퇴근시키고 빠르게 뒷정리를 마무리 지었다. 자신만 뒷정리를 마치면 되는 상황에서 두 사람을 공연히 기다리게 하느니 먼저 들어가게 하고 쉬게끔 하는 것이 나을 것 같다고 판단해서였다.

자신이나 정혁은 그렇다 치더라도 서은은 자신의 약국은 물론, 엘릭서 판매까지 병행하고 있는 상태여서 상당히 마음이 쓰였다.

푸드트럭의 서빙을 도맡아서 하는 것이 어려운 일은 아니라지만 매일 같이 이렇게 많은 손님을 상대하는 것이 결코 쉬운 일은 아니다보니, 서은이 며칠 가지 못하고 백기를 들 것이라고만 생각했다.

그러나 서은은 그런 경묵의 예상을 뒤엎고, 매일 같이 제 시간에 출근하는 것은 물론이고 가끔은 물건을 받으러 한강수산에도 함께 걸음하곤 했다. 물론, 경묵으로서는 기분이 좋은 일이 아닐 수 없었다.

노래를 흥얼거리며 식기를 닦아내고 사용한 조리도구를 깨끗이 닦아냈다.

우습게도 식기를 닦아내는 것 마저 각성의 영향을 받는 것 인지, 보기에는 대충 닦아내는 듯 보여도 경묵이 닦아낸 식기에서는 광이 나곤 했다.

경묵이 뒷정리를 하는 와중에도 손님들이 간간히 걸음 하였고, 그럴 때마다 사과의 말을 전해야만 했다. 귀찮다면 귀찮을 수도 있는 일이었지만, 이 또한 참으로 기분 좋은 일이 아닐 수 없었다.

이윽고 정리를 마친 경묵이 한숨을 한 번 내쉬고는, 고무장갑을 뒤집어 벗어서 선반에 잘 널어두고, 주방 칸에서 내려와 운전석으로 걸음을 옮겼다. 이제 경묵의 하루 일과 중 마지막 일과, 장부정리만이 남아있었다.

운전석에 앉은 경묵은 서은이 기록해둔 매출내역을 한 번 바라보고는, 오늘 매출 총액을 직접 한 번 세어 보았다.

샥-샥-샥-

일정한 박자로 돈이 넘어가는 소리가 트럭 안에 조용히 퍼졌다. 한참을 집중해서 돈을 세던 경묵은 흡족한 듯 미소를 한 번 지어보였다. 돈 뭉치를 다시금 고무줄로 잘 묶어서 안주머니에 넣는 모습이 제법 능숙한 듯 보였다.

경묵은 장부에 오늘의 매출 총액을 기입했다.

'1,535,000원.'

현재 푸드트럭의 하루 매출은 140만원에서 160만원 사이를 오가고 있었다. 다른 푸드트럭들이라면 상상도 하지 못할 매출을 매일같이 올리고 있었다. 더군다나 영업을 시작한지 이제 고작 10일 남짓한 시간이 흘렀을 뿐더러, 판매량을 조절하고 있다는 점을 감안해 보면 대단한 수익을 거두고 있는 셈이었다. 물론 매일같이 큰 금액의 돈을 번다는 것이 기분이 좋은 것은 사실이었지만, 경묵은 매출액에는 큰 신경을 쓰지 않으려 최대한 노력하고 있었다.

이유야 간단했다. 곧 버프 효과를 내는 음식을 판매하기 시작한다면? 원가 대비 마진율? 매상? 순이익?

확실히 지금의 수익은 가뿐히 넘어설 것이 분명한데, 굳이 매출액에 신경을 기울이고 싶지는 않았다. 만약 매출을 올리고 싶었다면, 매일 판매하고 있는 판매량의 제한을 두지 않고 무작정 팔아치웠을 것이다.

경묵은 매출이 아니라 다른 부분에 더욱 신경을 쓰고 있었다.

아무리 바쁜 와중에도 먹는 사람의 표정을 읽으려 노력을 하고 있었다. 조금이라도 부족한 부분을 찾아내기 위해 노력을 하고 있었고, 조금이나마 맛을 끌어올릴 방법을 찾기 위해 고군분투 하고 있었다.

경묵에게 있어서 지금의 푸드트럭 영업은 일종의 준비 기간이었다.

요리사로서 자신의 이름을 알리고, 자신의 가게를 차릴 수 있을 정도의 자본을 마련한다. 실력을 증진시키고, 가게를 열었을 때 부족함이 없이 영업을 이어나갈 수 있도록 준비하는 기간이라고 생각하고 있었다.

그런 지금, 요리 서바이벌 프로그램인 '슈퍼 오너 셰프 코리아'에 출연 제의를 받게 된 것은 엄청난 기회였다.

입상하게 된다면 요리사로서 자신의 입지는 물론, 가게를 차릴 수 있을 정도의 자본을 거머쥐게 된다. 뿐만 아니라 실력에 있어서도 엄청난 발전을 이루게 될 수 있을 것이다.

물론 '입상을 하게 된다면'이라는 전제가 붙기는 했지만, 경묵은 너무 어렵게 생각하지는 않기로 했다. 어차피 확률은 반반이라고만 생각하기로 마음먹었다.

'끝 까지 가서 우승을 하거나, 그 전에 떨어지거나.'

경묵은 한 번 기지개를 펴 보이고는 트럭을 몰아 집으로 향하기 시작했다.

평소와 별 다를 것 없었던 날인데도 불구하고 괜스레 조금 더 피곤한 것 같이 느껴졌다.

얼마 지나지 않아 신호가 걸리자, 원래는 잘 듣지 않던

라디오를 켰다.

　그 안에서 들려오는 우스갯소리에 함께 웃었다. 스튜디
오 안의 밝은 분위기가 경묵이 앉아있는 트럭 안 까지 전
해지는 것만 같았다.

　트럭이 출발하기 시작했을 때, 살짝 열린 창문 틈으로
넘어온 바람이 제법 선선했다. 이윽고 재생된 신청곡은
경묵이 가장 좋아하는 노래였다.

✦

　경묵이 집에 도착했을 때는 이미 12시가지나 있었다.

　집 앞 골목에 트럭을 잘 세워두고는, 최대한 발소리를
죽인 채 현관 문 앞에 섰다.

　경묵은 혹시나 할머니가 깨실까 최대한 조심스럽게 현
관 도어락을 해제하고 방 안으로 들어선 후, 대충 옷가지
를 벗어두고 침대 위에 드러누웠다.

　"흠……."

　계속해서 고민이 머릿속을 맴돌았다.

　어떻게 해야 다른 각성자들과 차별화된 요리를 선보일
수 있을까?

　경묵이 처음 각성했을 때의 조리 능력치는 '15'였다.
높지는 않은 듯 보이지만 일반인들과 비교해 본다면 이

또한 월등히 높은 수치이다.

당시의 경묵의 요리 경력 3년이라는 점을 감안을 해 본다면 1년에 5씩 올랐다고 가정을 할 수도 있겠지만, 아닐 수도 있었다. 어떤 해에는 3이 올랐을 수도 있고, 어떤 해에는 7만큼이 올랐을 수도 있는 노릇이었다. 그도 그럴 것이 기본이 확실해 진 순간이 지나고 나서 배움에 속도가 붙지 않던가?

어쨌든 현재 경묵의 조리 능력치는 31이었다. 간단히 산출을 해본다 하면 얼추 10년가량 요리에 매진한 이들의 조리 능력치와 엇비슷한 수준이었다.

'다른 사람들의 조리 능력치는 얼마정도나 되려나……'

물론 단순히 조리 능력치의 수치를 비교 하는 것에 큰 의미는 없었다.

경묵에게는 조리 능력을 보정해 줄 수 있는 스킬들도 존재하지 않던가?

부가적인 스킬들을 제외하고 가속 조리, 완벽한 조리를 비롯하여 심지어 평정심 까지. 그렇게 밀려드는 주문이 한 번도 꼬이지 않은 데에는 이유가 있었다.

이런 점들을 미루어보면 다른 이들보다 분명하게 유리한 상황이라고 단언할 수 있었다.

우선, 인벤토리를 한 번 열어보았다.

당장 경묵에게는 225 GEM이 남아있었고, 중급 강화석이 6개 있었다. 어차피 아직 한 달 가량의 시간이 남아 있으니 강화석과 GEM은 천천히 충원을 해낼 수도 있는 문제였다. 더군다나 이제는 굳이 직접 던전에 가지 않더라도 GEM과 강화석을 얻을 수 있는 방법도 있었다. 버프 음식을 GEM과 강화석을 받고 판매하면 되는 일이었다.

경묵은 우선 상점에서 필요한 스킬 북들을 한 번 훑어보기 시작했다.

레벨이 오른 만큼 여러 가지 새로운 스킬들을 습득할 조건이 충족된 것이다. 천천히 스킬들을 둘러보던 중, 문득 서은에게 선물 받아서 익히게 된 '뭐든지 강화' 스킬이 떠올랐다. 경묵은 스킬 창을 열어 [뭐든지 강화] 스킬의 효과를 한 번 살펴보았다.

————————————————

[뭐든지 강화]

설명 : 상점에서 구입한 물건이 아닌 현실의 물건을 강화할 수 있습니다.

등급 : 일반

습득자격 : 강화사

————————————————

경묵은 천천히 설명을 한 번 읽어보고는 고개를 끄덕였다. 이로서 정말 필요한 물건이 아니라면 상점에서 물건을 구입할 필요는 없어졌다.

'뭐든지 강화라……'

이름만 보더라도 유용하게 사용할 수 있을 것 같은 느낌이 풀풀 풍기는 것이 사실이었지만, 아직까지 한 번도 사용해본적은 없었다.

정말 뭐든지 강화할 수 있는 걸까?

이참에 한 번 스킬을 써 볼 요량으로 강화할만한 물건을 찾기 시작했다. 그러던 중 벽거울에 비친 자신의 모습이 눈에 들어왔다.

'어라?'

순식간에 오만가지 생각들이 머릿속에 떠오르기 시작했다.

혹시 사람도 강화할 수 있는 건가?

뒤에 달린 '물건' 이라는 설명이 조금 마음에 걸리긴 했지만 시도를 해보아서 나쁠 것은 없었다.

'그래, 해 봤는데 안 되면 마는 거지.'

경무는 천천히 자신의 손바닥을 향해 시선을 옮겼다. 숨을 내쉬며 머릿속을 유유자적 떠도는 생각들을 천천히 정리하기 시작했다. 만약 사람을 강화했을 때 생기는 이점이 무엇인지 정확히는 모르겠지만, 자신이 강화가 된다면 적어도 다른 사람을 강화해줄 수도 있을 것 같았다.

침을 한 번 삼키고 마음속으로 강화를 외쳤다. 그리고 강화대상을 한 번 읊조리는 대신, 머릿속으로 자신의 모습을 상상했다.

'강화!'

눈앞에 제법 오랜만에 보는 것 같은 창이 하나 나타났다.

[중급 강화석 1개를 소모 합니다.]

[강화를 진행하시겠습니까?]

경묵은 망설임이 없었다.

이윽고 눈이 따가울 정도로 강렬한 빛이 방 안에 가득하게 퍼졌다.

그리고 그 밝은 빛이 천천히 경묵의 몸 안에 스며들기 시작했다.

외적인 것이 몸 안으로 스며든다는 인식 때문일까? 크게 고통스럽지는 않았지만, 분명 좋은 느낌은 아니었다. 몸 안을 떠돌기 시작한 빛들이 쉽사리 흡수되어 섞여들지 않고 있다는 것이 느껴졌다. 차츰 몸 안을 떠도는 기운들이 익숙해졌을 때, 다시 눈을 떠 보았다.

정신을 집중하고 스며든 빛이 자신의 몸 속을 움직이는 경로를 찾아내기 위해 힘썼다.

얼마 지나지 않아 방금 스며든 기운이 이제는 완연히 자신의 것이라는 느낌이 들었다. 방금 몸 안에 스며든 그 힘이 익숙하게 느껴지기 시작한 것이다.

단순한 느낌 뿐만 아니라, 경묵의 눈앞에 나타난 상태 창이 강화의 성공을 알리고 있었다.

'설마 했는데, 정말 되잖아?'

[강화에 성공하셨습니다!]

[임경묵 -〉 임경묵 (+1)]

경묵이 눈앞에 나타난 상태 창을 손으로 밀어내자마자, 바로 다음 상태창이 나타났다.

[모든 능력치가 2씩 증가됩니다.]

[히든 스킬, '우아한 움직임'을 습득하셨습니다.]

['강화사의 진정한 힘' 칭호를 획득하셨습니다.]

갑작스레 떠오르는 상태 창들을 제대로 한 번 읽어보기도 전에 경묵의 눈에 들어온 것은 벽거울 속의 자신이었다.

"뭐야……?"

경묵은 양 손으로 자신의 뺨을 한 번 감싸 쥐었다.

갑작스레 떠오르는 상태 창들을 제대로 한 번 읽어보기도 전에 경묵의 눈에 들어온 것은 벽거울 속의 자신이었다.

"뭐야……?"

경묵은 양 손으로 자신의 뺨을 한 번 감싸 쥐었다. 곧장 눈에 띌 만큼 큰 변화를 이룩하거나 한 것은 아닌데 분명 미묘하게 변화한 부분이 있는 것만 같았다.

얼굴을 매만지는 자신의 손짓이 괜스레 특별해 보인다는 생각이 들었다.

경묵은 거울 속의 자신의 얼굴을 천천히 살펴보기 시작했다.

얼굴에도 무언가 변화가 찾아온 것 같다는 생각이 들어서였다.

'흠, 기분 탓인가?'

피부가 조금 더 매끄러워진 것 같다는 느낌이 들었다.

매끄러워짐과 동시에 전반적인 피부 톤이 조금 더 하얘진 것 같달까?

한참을 살펴보던 경묵은 우선은 가볍게 넘겼다. 강화를 통해서 경묵의 모든 신체 능력이 상승함과 동시에 외형적인 변화 역시 맞게 된 것이다. 기분은 분명 좋았지만, 우선 상태 창에 나타났던 '히든 스킬'과 칭호를 살펴보기로 마음먹었다. 우선 스킬 창을 열어 새로 습득한 스킬을 한번 자세히 살펴보았다.

[우아한 움직임]

설명 : 어떤 가벼운 몸짓, 움직임조차 모두 고귀하게 보입니다.

등급 : 히든

형태 : 기본지속스킬

스킬의 설명을 확인한 경묵은 거울을 보며, 그냥 한 쪽 팔을 천천히 들어보았다. 무심한 표정으로 거울 속을 바라보던 경묵의 얼굴에 놀라움이 잔뜩 담긴 표정이 떠올랐다.

자신의 단순한 손짓이 정말 억! 소리가 날 만큼 우아하게, 그리고 귀품 가득하게만 보였다. 어떤 추잡스러운 표정을 지어 보아도 마찬가지였다. 한 마디로 '무슨 짓을 해도 있어 보인다.' 이 소리였다.

갑작스레 얻게 된 스킬치고는 언젠가라도 나름 유용하게 쓸 수 있을 것 같다는 생각이 들었다. 다른 부분에 있어서는 어떨지 모르지만 적어도 '허세부리기'에는 딱 적합한 스킬처럼 보였다.

경묵은 천천히 스킬 창을 한 번 살펴보았다.

이제는 누가 보더라도 각성자라고 생각할 만큼 제법 많은 스킬들을 보유하고 있었다. 보유한 총 18개의 스킬 중 사용스킬이 총 9개, 지속효과스킬이 총 9개였다. 그 중에 '히든' 스킬이 2개나 되었으니, 비슷한 등급의 각성자들과 비교해 본다면 가히 압도적인 수준이라 할 수 있을 정도였다.

그 다음은 방금 습득한 칭호를 살펴보기 위해서 상태 창을 열어보았다.

'상태!'

_____

이름 : 임경묵 (+1)

레벨 : 6 (EXP:34.53%)

칭호 : 진정한 강화사의 힘

 (강화 성공확률 15%상승)

 (강화 성공시 10% 확률로 강화석 소모 없음.)

 독서광 (지력 +3 지혜 +3)

공격력 : +1 (+1)

마력 : +25 (+24)

HP : 165 (+50)

MP : 540 (+420)

근력 : 16

지력 : 20 (+7)

민첩 : 15

지혜 : 18 (+7)

특수 능력치

조리 : 33

_____

 우선 모든 능력치가 2씩 상승한 것도 엄청난 발전이었
다. 거기에 새로 얻게 된 칭호의 효과는 가히 최고라고 할
수 있을 정도였다.

'강화 성공확률 15% 상승.'

지금껏 강화를 단순히 성공 아니면 실패 정도로만 생각하고 있었던 경묵인지라 얼마나 대단한 옵션인지를 실감하기가 어려운 것이 사실이었지만 아주 간단한 문제였다.

아주 쉽게 생각해서 성공확률 35% 짜리 강화를 진행하게 된다 하더라도, 강화에 성공할 확률은 50%가 되는 것이다. 그렇게 생각을 하니 엄청나게 대단한 옵션이 아니라고 부정할 수는 없는 노릇이었다.

더군다나 잘 생각해보면 전에 한 번 덕을 보았던 '강화사의 의지' 역시 자신의 강화 성공 확률을 보정해주고 있었다. 각성을 하고 얼마 지나지 않아 미니 팬을 강화하다가 보았던 상태 창이 아직도 생생하게 떠올랐다.

'강화에 실패할 뻔 했으나 강화사의 의지로 강화에 성공합니다.'

비록 스킬 창에 따로 등록되어있는 스킬은 아니지만, 강화사 직업군의 기본적인 효과인 듯 보였다. 이번에 얻은 칭호의 강화 성공 확률 증가에 강화사의 의지가 보정해주는 확률까지 생각을 해보면 이제 전보다 훨씬 더 저돌적으로 강화를 할 수 있겠다는 생각이 들었다. 어쨌든 '강화성공 확률 15% 상승'은 정말이지 마음에 드는 효과임이 분명했다. 더군다나 칭호에 부가적으로 붙어있는 두 번째 옵션

'성공 시 10% 확률로 강화석 소모 없음.'

뭐, 아주 뛰어난 효과는 아니라고 생각했다. 높은 확률로 발동되는 것도 아니고, 사실상 그렇게 대단한 효과도 아닌 것처럼 느껴졌다. 그래도 만약 강화에 성공을 한 다음 강화석이 그대로 있다면 기분이 상당히 좋을 것 같다는 느낌이 들었다.

그런데 사실 이 두 번째 효과는 강화가 계속해서 진행되었을 때 진가를 발휘된다.

첫 강화에선 강화석을 한 개 소모하고, 두 번째 강화에선 두 개 소모한다. 마찬가지로 일곱 번째, 여덟 번째 강화에서는 일곱 개, 여덟 개를 소모하게 되는 것이다.

만약 중급 강화석도 아니고 상급 강화석을 일곱 개, 여덟 개 아낄 수 있다면?

그런 경험을 한 번이라도 겪게 된다면 적어도 우습게 여기거나 가볍게 생각할 수 있는 옵션은 아닐 것이다.

그리고 한 가지 발견한 것이 있었다. 강화사와 관련하여 새로운 칭호가 들어서면서, '초급 강화사' 칭호는 소멸된 듯 보였다. 물론, 칭호가 사라짐과 동시에 초급 강화사 칭호의 깨알 같던 옵션인 HP+5 의 효과도 함께 사라졌다.

어쨌든 이제 경묵에게는 더 이상 고민의 여지가 없었다.

경묵의 수중에는 아직 5개의 중급 강화석이 남아있었고, 가장 빠르게 성장하는 방법은 자신을 강화하는 것이라는 생각에 확신이 가해진 것이다. 다른 부가적인 히든 스킬이나 칭호에 달려있는 옵션들을 배제하고 생각해 보더라도, 단순히 '모든 능력치 상승'만 놓고 보았을 때도 자신을 강화하는 것이 가장 빠른 성장방법이라고 할 수 있었다. 더군다나 자신의 강화 성공 확률이 눈에 띄게 상승한 이상, 더 이상 망설일 필요가 없다는 생각이 들었다.

남들은 하는 방법을 몰라서 하지 못한다.

물론, 하는 방법을 아무리 자세히 알더라도 하지 못한다.

왜? 강화사가 아니니까.

경묵은 다시 한 번 속으로 강화라는 단어를 곱씹으며, 머릿속으로 자신의 모습을 떠올렸다. 2번째 강화를 감행하려 마음먹은 것이다.

'강화!'

다시금 눈앞에 나타난 익숙한 상태 창 앞에 경묵은 입가에 미소를 지었다. 비록 육체를 강화해보는 것은 이번이 처음이었지만, 경묵은 이미 수차례의 아이템 강화를 경험해 본 터라 넌지시 짐작해낼 수 있었다.

'별도의 안내 창이 따로 나타나지 않는다면 강화의 성공 확률은 곧 100%다.'

경묵은 일사천리로 일을 진행해내기 시작했다.

[중급 강화석 2개를 소모 합니다.]

[강화를 진행하시겠습니까?]

경묵이 고개를 끄덕이자, 순식간에 다시 한 번 강렬한
빛이 경묵의 방 안에 가득 찼다.

그 때, 경묵은 분명히 웃고 있었다. 무조건적인 강화의
성공을 점친 것이다. 다시 한 번 방안에 가득 들어선 그
강렬한 빛들이 일제히 경묵의 몸에 빨려 들어가듯 스며들
기 시작했다.

그 기운들이 다시 한 번 자신의 몸속을 떠도는 것이 느
껴졌다. 비록 두 번째 경험이라지만 기분이 나쁜 것은 매
한가지였다. 마치 물과 기름처럼 섞일 듯 섞이지 않으며,
몸 안을 유영하는 기운. 손끝에서 이동을 시작한 기운이
몸 전체를 휘젓고 있었다. 느리지도, 그렇다고 해서 빠르
지도 않은 기운들이 몸속을 몇 번 휘젓고 나서야 조금씩
자신의 몸 안에 천천히 녹아들고 있다는 사실을 알 수 있
었다. 그런데, 무언가 이상했다. 몸 안으로 스며들어온 기
운이 동화되면 동화될수록 가슴 부근이 너무 뜨거웠다.

'어라?'

가슴 부근에서 느껴지던 아릿한 뜨거움이 점점 강렬해
지더니 이윽고 몸 전체, 구석구석으로 퍼져 나가기 시작
했다.

경묵은 그 자리에 자빠져 급한 손길로 한쪽 가슴팍을 움켜쥐었다. 마치 누군가가 경묵의 몸 안에 불을 지른 것 같은 느낌이었다. 도저히 눈을 뜰 수조차 없는 고통이 가슴팍을 들쑤시고 있었다. 괴성을 지르고 싶은 마음이 불 같았지만, 갑작스레 밀려든 극악의 고통속에서 신음조차 마음대로 할 수 없었다.

"읍……. 으으읍……."

온 몸에 땀이 송골송골하게 맺혔고, 계속해서 느껴지는 통증 탓에 잠시라도 긴장을 풀었다간 정신을 잃을 것만 같았다. 정신을 잃는다면, 다시는 깨어나지 못할 것 같다 는 직감이 들었다.

그리고 보통 이런 직감들은 대부분 맞아떨어지곤 한다. 속은 다 타들어갈 것만 같았고, 입이 바짝바짝 마르는 것 이 느껴졌다. 이윽고 온 몸에 식은땀이 줄줄 흐르기 시작 하자, 정신이 점점 아득해지는 듯 했다.

그저 1초가 1분처럼 길게 느껴지는 듯 했다.

더 이상은 참지 못할 것 같다고 여겼던 그 때였다.

죽음을 받아들이려고 마음먹었을 때, 그 때가 돼서야 전신을 휘감고 있던 맹렬한 고통이 거짓말처럼 한 번에 가셨다.

경묵은 그제야 쉬지 못하고 있던 숨을 한 번에 몰아쉬 며 헐떡거렸다.

271

"헉…… 헉…… 헉……."

방금 전까지 몸을 휘저었던 고통 탓에 머릿속이 백지처럼 하얗기만 했다. 다시 한 번 눈을 감았다가 떴을 때, 눈앞으로 나타난 상태창이 보였다.

[강화에 성공하셨습니다!]

[임경묵 (+1) -> 임경묵 (+2)]

경묵은 신경질적으로 주먹을 뻗어 눈앞에 나타난 상태창을 밀어냈다. 오히려 곧장 힘없이 축 늘어져버리는 팔 덕분에 더 초라해보였다. 이윽고 경묵은 곧장 자신의 HP를 확인해 보았다.

경묵에게 남아있던 HP는 9. 경묵은 넋을 놓은 채 숨을 헐떡거리며 자신의 HP를 하염없이 바라보고 있었다. 죽음을 상상했던 것이 무리도 아니었다. 만약 0까지 떨어졌더라면 어떻게 되는 것인지를 상상해보니 등골이 오싹해졌다. 경묵은 우선적으로 자신의 회복력을 상승시키기 위해 '축복(하급)'을 사용했다.

'축복!'

손 안에서 떠오른 마나가 금세 자신의 몸을 한 번 휘감았다. 한껏 정화된 듯 순수한 기운의 마나가 몸 안에 잔뜩 스며들자, 마음이 조금 편안해지는 느낌이 들면서, HP항목 옆의 숫자가 조금 더 빠르게 증가하는 것을 볼 수 있었다. HP가 100을 넘어서고 나니 몸은 그제야 조금 안정이 되었지만, 그래도 마음은 좀처럼 진정이 되거나 하지 않았다.

'제기랄, 이 정도 수준의 고통이나 위험이 뒤따르는 것이었으면 미리 언질이라도 한 번 해줬어야 할 거 아냐.'

어떤 능력이건 상관없었다. 만약 자신이 고통을 이겨내지 못하고 죽어버렸더라면 아무 짝에도 쓸모없는 것 들이다. 아직 화가 풀리지 않았지만 더 이상 화풀이를 할 대상이 없다는 사실 때문에 더욱 짜증이 치솟았다. 방금 전의 강화를 거치기 전 까지만 하더라도 언젠가 정혁이나 서은 역시 강화를 시키겠다는 마음을 먹고 있었지만, 경묵은 조금 더 신중히 생각해보기로 했다.

당장 능력을 상승시킬 수 있다는 사실은 굉장한 이점이지만, 만약 서은과 정혁에게도 이 정도 고통이 뒤따른다면? 섣불리 판단을 내릴 수 있는 문제가 아님은 분명했다.

경묵은 씩씩거리며 다시금 눈앞에 나타난 상태 창을 바라보았다.

[모든 능력치가 2씩 증가됩니다.]

[불(火)의 힘을 얻었습니다.]

[오감이 발달하였습니다.]

불의 힘과 오감의 발달이 가장 눈에 띄었다. 불의 힘? 얻게 된 힘에 대해서 듣고 나니 어째서 방금 몸이 타들어가는 고통을 느껴야 했는지를 알 수 있을 것 같기도 했다.

'불의 힘이라…….'

이름만 보기에는 엄청나게 그럴싸해 보였지만, 당장 몸에는 어떠한 변화도 감지되지 않았다.

더군다나 상태창이며 스킬창이며 불(火)의 힘에 대한 언급이나 설명은 단 한 가지도 없었다.

'강화사의 의지' 쯤 되는 효과라고만 짐작하고 있을 뿐이었다. 경묵은 그냥 간단하게 생각하기로 마음먹었다.

'어쨌든 죽을 고비를 넘겨 가며 얻은 건데, 당연히 엄청나게 좋은 거겠지.'

더군다나 게임이든 만화든 영화든 공통적으로 해당되는 법칙이 하나 있었다.

보통 자연친화적인 힘을 가진 주인공이나 악당은 압도적으로 강력하지 않던가?

압도적이지 않더라도 최소 중간은 가는 능력들이 바로 자연친화적인 능력들이다.

불(火)의 힘에 대해서 당장 뚜렷한 정보를 알아내지는 못했지만, 적어도 오감이 발달했다는 것은 미약하게나마 느낄 수 있었다. 얼마나 큰 폭으로 발달을 이루어낸 것인지는 정확히 알 수 없었지만 발달을 감지해낼 수는 있었다.

어쨌든 지금까지 총 2번의 육체 강화를 거친 경묵의 몸은 외형적으로도 전과는 확연히 달라졌다.

우선, 눈에 띄는 첫번 째 변화는 거울 속에 비친 자신의 얼굴이었다. 이번에도 마찬가지였다. 눈에 띄게 큰 변화를 겪은 것은 아니었지만 분명 조금씩 변한 부분들이 있었다. 이번에는 피부의 개선에서 멈추지 않고, 얼굴 생김새에 변화가 생겼다는 것을 알아차릴 수 있었다.

　우선은 조금 더 높아진 콧대며, 날렵해진 턱 선이 한 눈에 들어왔다. 분명 자신의 얼굴이 맞았지만, 조금 이질적인 느낌이 드는 것은 어쩔 수 없었다. 조금 더 잘생겨진 것 같다는 표현이 가장 적합한 듯 했다. 다행인 점은 거부감이 들 정도로 한 번에 변하지는 않았다는 것이었다.

　두 번째는 몸에 찾아온 변화였다. 평소보다 더 넓어진 듯 느껴지는 자신의 어깨선을 한참동안 바라보던 경묵이 갑작스레 웃옷을 벗어 던졌다. 아니나 다를까, 순식간에 드러난 경묵의 상체 역시 크나큰 변화를 겪은 후였다. 전과는 차원이 다를 정도로 견고하게 제 자리를 잡은 근육들.

　경묵은 놀람을 감추지 못한 채 이런 저런 자세를 번갈아 취해보다가 오른쪽 팔뚝에 힘을 잔뜩 주어보았다. 이두박근이 터질 듯 팽창하는 것이 느껴졌고, 안에 실린 근육 역시 전과는 차원이 다르다는 것을 본능적으로 느낄 수 있었다. 분명 신체에 전과는 다른 엄청난 변화가 찾아왔음을 느낄 수 있었다. 착각일지 모르는 일이었지만 키도 조금 더 자란 것이 아닌가 싶은 느낌이 들었다.

물론 육체강화를 통해 경묵의 몸에 찾아온 변화는 단순히 능력치와 외형 뿐 만이 아니었다.

당장은 알 길이 없어 모르고 있었지만, 변화 중 가장 큰 변화는 따로 있었다.

바로 '불의 힘'을 얻게 된 것과 동시에 이룩해낸 '감각의 발달'. 방금 얻게 된 불의 힘과, 발달하게 된 자신의 오감이 앞으로의 요리 인생에 어떠한 영향을 끼칠지에 대해서는 조금도 모르는 경묵은 그저 거울 앞에 서서 변한 자신의 외형을 살펴보는 데에 여념이 없었다.

다음 날, 경묵은 평소보다 이른 시간에 잠에서 깼다. 어젯저녁 몸을 조금 살펴보다가 정신없이 곯아 떨어졌던 것이 기억났다. 방 벽에 매달려 있는 작은 벽거울을 통해서 볼 때는 몰랐는데 화장실에 달린 큰 거울로 보니 자신의 외형이 제법 큰 변화를 맞이했다는 사실이 느껴졌다.

"음?"

확실히 더욱 단단해진 것 같아 보이는 몸과 상당히 호감형(?)으로 변한 얼굴을 비롯하여 감각적인 부분에 있어서도 전과는 다른 것 같은 느낌이 들었다. 어제는 모르고 넘어갔지만, 모든 감각을 조금 더 정교하게 느낄 수 있었다.

우선은 화장실에 들어서자마자 옆집에서 나누는 대화 내용이 얼핏얼핏 들려오는 것 같았다.

그런 느낌을 받자마자 경묵은 눈을 지그시 감은 채 정신을 집중하기 시작했다.

세세한 소리 하나, 하나를 놓치지 않기 위해 양쪽 귀를 곤두세우고 신경을 귓가에 집중시켰다.

'내가······. 그랬는데······.'

중간, 중간 조금씩 끊기는 듯 들려오는 음성. 적어도 단어 몇 마디를 알아들을 수 있을 정도로는 들려오고 있었다.

오기가 생긴 경묵은 벽 너머의 소리를 듣기 위해 더더욱 신경을 기울였다.

다른 모든 감각에 대한 신경들을 배제하고 오직 청각에만 집중하고 또 집중했다. 이윽고 천천히 벽 너머에서 들려오는 소리가 조금씩 커지는 것처럼 느껴졌다. 들리기 시작했다.

그것도 마치 바로 옆에서 말하는 것처럼 생생하게!

청각뿐만 아니라 시각, 후각, 촉각을 비롯한 모든 감각이 더욱 발달한 것 같았다.

단순한 능력치의 변화가 아니라 말 그대로 오감의 발달을 이뤄낸 것이다. 집중하지 않으면 전보다 조금 나은 듯느껴지는 것뿐이지만, 집중을 거듭해서 느끼려하면 할수록 그 감각이 살아나는 것만 같은 느낌이 들었다. 그렇다는 말은 분명 '미각'에도 발전이 있었을 것이라고 짐작했다.

그렇게 생각을 하고나니 심장이 세차게 뛰어대기 시작했다.

만약 다른 감각들이 발전한 만큼만 발전을 했다 하더라도 남들과는 비교조차 할 수 없을 정도로 월등이 뛰어난 미각일 것이었다.

경묵은 지금 당장이라도 혀 위에 이것저것을 올려둬 보고 싶은 마음뿐이었다. 발달했을 미각이 궁금해서 미칠 지경이었다. 겨우 2번 강화를 했을 뿐인데, 이 정도라면 과연 한계치까지 강화를 했을 때에는 어떤 결과를 얻을 수 있는 것인지가 궁금해지기 시작했다. 현재 경묵의 수중에 남아있는 중급 강화석은 3개.

딱 한 번 더 강화를 할 수 있을 만큼의 강화석이 남아있었다. 거울 속 자신과 한참동안 눈싸움을 하던 경묵은 고개를 세차게 저으며 생각을 선회시켰다.

어제 자신을 강화하던 도중 느꼈던 극악의 고통이 떠오른 것이다.

경묵은 아쉽지만 일단은 여기서 육체 강화를 멈추기로 했다. 자신의 몸이 강화되는 과정에서 느껴야했던 고통이 아직도 생생하게 떠올랐다. 몸 안이 다 타들어갈 것 같은 뜨거움, 마치 속이 녹아내리는 것만 같았다. 언제 녹아내려려도 이상하지 않을 만큼 뜨거운 가슴팍을 부여잡고 바닥을 기던 순간이 떠올랐다. 차라리 신음이라도 하고 싶었건만, 목소리조차 마음대로 내지 못했으니 몸 안이 다 녹아버린 줄로만 알았다.

어제 느꼈던 극악의 고통을 다시 한 번 되새기니 온 몸에 털이 곤두서는 것이 느껴졌다.

강화를 멈추겠다고 결심한 것은 단순히 겁이 나서가 아니었다. 예상컨대 강화가 거듭되면 거듭될수록 그 고통의 강도도 더해질 것이었다.

적어도 엄습해올 고통을 견뎌낼 수 있는 몸과 정신을 만든 후에 강화를 하는 것이 옳은 선택일 것이라는 판단을 내린 것이다.

만약 찾아든 고통에 미쳐버리거나 죽어버린다면, 절대미각이 무슨 소용이고 높은 능력치가 무슨 소용이겠는가?

경묵은 최대한 신중하게 행동하기로 마음먹은 것이다.

간단하게 샤워를 끝낸 경묵은 옷을 챙겨 입고 곧장 부엌으로 달려갔다.

경묵이 급하게 냉장고를 뒤지며 반찬을 이것저것 꺼내들자 할머니가 의아하다는 듯 쳐다보았다.

"경묵아, 배 많이 고프니?"

"아니에요, 할머니."

경묵은 상 위에 반찬 몇 가지를 꺼내어 두고는, 그 뚜껑들을 전부 열어 재꼈다. 할머니는 여전히 의아하다는 표정으로 경묵을 주시하고 있었다.

냉장고에 들어있던 많은 반찬들 중 상 위에 꺼내놓은 반찬은 총 4개였다.

시금치나물 무침, 두부조림, 어묵볶음, 장조림 하나같이 평범한 반찬들이었다.

그러나 한 가지 공통점을 가지고 있었다.

이 네 가지 반찬들 모두 할머니가 직접 조리한 반찬이라는 점.

자신의 미각을 시험해보기 위해 자신이 조리하지 않은 반찬들을 골라낸 것이다.

우선 경묵은 시금치나물을 젓가락으로 조금 집어서는 입 안에 넣었다.

눈을 지그시 감은 채로 입안에 든 시금치 나물무침의 맛을 최대한 음미하고자 노력했다.

맛에 집중하기 위해 꼭꼭 씹으며 혀 이곳저곳을 이용해 맛을 느끼기 시작했다.

향을 쫓고, 닿는 촉감을 느끼고, 뿜어내는 맛을 만끽하고 있었다.

맛을 느끼면 느낄수록 녹아들어 맛을 내고 있는 식재료가 무엇인지 또렷하게 느껴졌다.

시금치 고유의 향과 멋에 섞여있는 소금의 짭짤함과, 참기름의 고소한 향, 그리고 언뜻언뜻 다진 마늘의 매콤한 맛 까지 느껴지는 듯 했다.

경묵은 그제야 감고 있던 눈을 뜨고는 할머니를 바라보며 되물었다.

정말이지 기이한 느낌이 아닐 수 없었다. 단순히 무엇이 들어가 있는지 만이 아니라, 얼마만큼 들어간 것인지, 어떠한 배율로 배합이 이루어진 것인지 까지 알 수 있을 것만 같았다. 분명한 사실은 모든 요리사들이 선망할만한 위대한 미각이라 할 수 있을 정도였다.

"할머니 소금, 참기름, 다진 마늘까지 맞아요?"

"응?"

"안에 들어간 재료 말이에요. 맞아요?"

"맞다, 맞아."

경묵의 젓가락이 이번에는 장조림으로 옮겨갔다.

분주하게 장조림에 든 소고기를 집어 들어서는 입 안에 넣고 오물오물 씹어대기 시작했다.

경묵은 다시 한 번 맛을 제대로 느끼기 위해 눈을 지그시 감은 채로 입 안의 모든 신경을 곤두 세웠다. 이번에도 분명하게 느껴지기 시작했다.

'고기를 삶을 때 다른 첨가물이 들어간 것 같다. 양파와 대파를 넣은 물에 삶은 것 같고, 언뜻 언뜻 마늘의 향도 느껴지는 것 같네⋯⋯. 간장과 올리고당을 5:5 배율로 넣은 건가? 설탕의 단 맛이 나는 것 같기도 하고⋯⋯.'

경묵은 다시 한 번 눈을 뜨고는 할머니께 물었다.

"할머니, 홍두께 살 삶으면서 물에 양파 마늘 대파 넣고 끓이셨죠?"

"어⋯⋯? 맞다, 맞아. 어떻게 안거냐? 신통방통하네⋯⋯."

"올리고당하고 간장 1:1 비율로 섞으셨고 설탕도 조금 넣으신 거 맞죠?"

경묵이 질문을 하면 할수록 할머니는 놀람을 감추지 못하셨다.

"그래! 맞다, 맞아! 어떻게 그렇게 정확하게 알아맞히니?"

"단 맛이 분명 올리고당으로 낸 단 맛인데⋯⋯. 그 끝자락에서 설탕으로 낸 단 맛이 나는 것 같아서요."

경묵은 연달아 어묵볶음과 두부조림의 조리 과정도 알아맞혔다.

자신의 혀끝에 찾아온 변화 때문에 소름이 돋을 지경이었다.

미각에 찾아온 변화 역시 다른 감각들과 마찬가지였다.

스스로 맛에 집중을 하려 노력을 하지 않으면 전에 하던 식사와 별반 차이가 없었다. 그러나 맛에 집중하겠다고 마음먹은 순간, 정말이지 극적인 변화가 찾아오는 것이다.

가장 처음에는 혀 위에 놓인 음식의 맛, 그 색깔이 뚜렷하게 느껴졌다. 점차 음식이 풍기는 향이 배가되기 시작하고, 그 맛의 근원을 찾아내기 위해 쫓기 시작한다.

자고로 음식이란 여러 재료와 그 맛과 향이 어우러져있는 혼합물이다. 어떻게 조리하느냐에 따라 성질이 아예 달라지기도 하고, 아주 조금 첨가한 재료에 의해서 맛이 아예 달라지기도 한다.

어떤 음식이라도 상관없었다.

혀 위에 올릴수만 있다면 자신의 방법으로 풀어낼 수 있었다. 똑같이는 아니더라도 비슷하게는 만들어낼 수 있을 것 같았다.

그 맛을 내기 위해 복잡하게 엉켜있는 맛들.

경묵의 혀는 마치 잔뜩 엉켜있는 형형색색의 실타래를 천천히 풀어나가듯 섞여있는 맛과 향을 통해 그 근원을 자연스레 유추하기 시작한다. 어떤 맛과 어떤 맛이 섞였기에, 또한 어떤 향과 어떠한 향이 섞였기에, 어떠한 조리 과정을 지났기에 지금의 것이 되었는가를 추적해낸다. 물론 말 그대로 감각이기 때문에 절대적으로 맹신할 수만은 없다. 하지만 경묵의 경험이 쌓이면 쌓일수록 미각은 점점 더 견고해지고, 완성되어간다.

단순한 조리 능력치 몇의 차이가 아니라, 모든 요리사들이 꿈꾸는 '꿈의 감각' 근처에 닿게 된 것이다.

❀

상당히 오랜만에 쐬는 아침 바람이었다. 따뜻하면서도 선선한 바람이 드러난 살을 기분 좋게 훑고 지나갔다. 몇 일 전만 하더라도 날카롭던 바람이 햇볕 탓인지 많이 온순해져있었다.

경묵이 집을 나선 시간은 겨우 아침 10시 12분. 평상시에 집을 나서던 시간이 오후2시에서 3시 사이였던 것을 감안하면 평소 나서던 시간보다 일러도 한참이나 이른 시간임이 분명했다.

물론 이렇게 일찍 집을 나선 데에는 다른 이유가 있었다. 사실 오늘 일정이 몹시 알차게 꽉 차있었기 때문에 일찍 나설 수밖에 없었다. 우선은 은행에 들러 간단한 업무를 봐야했다.

그 후 정혁과 서은을 만나기로 약속한 것이었는데, 다름이 아니라 이번 주말에 있을 첫 버프음식의 판매에 대한 회의를 위해서였다. 물론 회의가 끝난 다음, 경묵은 바로 영업 준비에 돌입할 생각이었다.

경묵은 우선 집에서 그리 멀지 않은 은행 앞에 트럭을

세우고 운전석에서 내렸다. 트럭 문을 잠군 후에, 천천히 은행 문을 열고 들어섰다.

띠링-

경묵이 문을 열자, 문 위에 달린 풍경이 흔들려 청량한 소리가 은행 안에 울려 퍼졌다.

순간 모든 이들의 이목이 경묵에게 집중되었다.

경묵은 편한 트레이닝복 차림에 낡은 운동화를 구겨 신은 채 한 손에는 트럭 키를 쥐고 있었다. 분명 특별함이라고는 눈곱만큼도 없는 차림새였다. 오히려 평범한 사람이었다면 상당히 초라해 보였을 법한 차림새.

그러나 반들반들한 흰 피부와 날카로운 콧날, 길게 뻗은 다리와 옷에 가려져있지만 다부져 보이는 몸. 그런 경묵의 몸 자체에서 뿜어져 나오는 우아함이 있었다. 가만히 있어도 새어나오는 그런 기백이 경묵이 입고 있는 평범한 옷들을 특별하게 보이게끔 해주고 있었다.

특히 여자들은 그런 그에게서 쉽게 눈을 떼지 못했다.

그가 번호표를 뽑기 위해 번호표 발급 기계 앞에 멈춰설 때까지, 사람들은 숨을 죽이고 경묵을 지켜보았다. 그가 걸을 때마다 몸이 그려내는 궤적이 상당히 우아해보였기 때문이었다.

물론 경묵은 사람들이 자신에게 갖고 있는 관심에 대해서는 전혀 모르고 있었다.

그저 덜 밀린 것 같은 턱수염을 손끝으로 매만지다가 입이 쩍 벌어져라 하품을 해 보였다. 그리고는 손에 쥔 차키를 가볍게 던졌다가 받았다가를 반복하며 자신의 순번이 얼마나 남았는지를 헤아리고 있었을 뿐이었다.

은행 업무를 마친 경묵은 곧장 은행 밖으로 나서 트럭으로 걸음을 옮겼다. 창구 여직원들의 부담스러운 시선과 언사가 자꾸 눈에 밟힌 까닭에 더욱 걸음을 재촉한 부분도 있었다. 뿐만 아니라 자꾸 사람들이 자신을 힐끔힐끔 쳐다보는 것 같다는 생각을 잠깐이나마 하기도 했었다.

'풋, 설마 이게 연예인병 이라는 건가?'

경묵은 그런 자신의 느낌을 대수롭지 않게 여기며, 힘차게 트럭의 운전석 문을 열었다. 손에 쥐고 있던 통장을 양 손으로 펼치며 운전석에 앉은 경묵은 깔끔하게 정리되어있는 통장을 천천히 살펴보았다.

잔액 18,346,000원.

지난 10일 동안 자신의 푸드트럭이 기록해낸 총 매출액이었다.

경묵은 미소를 머금은 채 통장을 바라보다가, 이윽고 조수석 서랍 안에 대충 넣어두었다. 기분이 좋으면서도 한 편으로는 약간의 허무를 느끼고 있었다. 이 정도 매출이라면 수개월 안에 자신의 가게를 얻는 것도 가능할 것 같아 보였다. 더군다나 곧 진행될 '버프요리'의 판매까지

순조롭게 이어지기만 한다면 두말할 것도 없었다.

이제, 자신의 이름을 건 중국집은 더 이상 막연한 꿈이 아니었다. 일취월장하고 있는 조리 실력과 우연한 계기를 통하여 얻게 된 궁극의 미각까지. 스스로 점검을 해보기에도 이제 점점 제법 훌륭한 요리사로서의 구색을 갖추어가고 있는 듯 보였다. 조바심이야 났지만, 너무 조급해 하지는 않기로 했다. 빨리 앞으로 나아가기 위해 고군분투하기 보다는, 제대로 된 방향으로 천천히 한 걸음씩 내딛기 위해 노력하겠다고 마음먹었다.

요리 서바이벌 프로그램의 첫 촬영일은 아직까지 한 달가량이나 남아있었다. 한 달. 분명 충분한 준비기간이라고 생각하고 있었다.

불과 하루 사이에 이뤄낸 발전을 감안해본다면, 그때까지 또 얼마나 성장할 수 있을지는 미지수였다.

아직 이른 시간인데도 불구하고 제법 많은 사람들로 북적이는 카페. 먼저 도착한 서은과 정혁이 간단한 이야기를 나누고 있었다. 이미 버프요리 판매에 대한 초안은 잡혀있는 상태였다. 서은은 수도권 인근의 가장 왕래가 잦은 던전들을 조사하던 도중 제법 마음에 드는 곳을 찾아냈다.

"완전 제격인 장소도 찾아냈어요. 산정호수라고 혹시 알아요?"

"경기도 포천에 있는 산정호수요?"

서은이 점 찍어둔 장소는 경기도 포천에 위치한 '산정호수'였다. 놀랍게도 산정호수 인근에는 중급 던전과 상급 던전이 각각 하나씩 있었고, 걸어서 10분 거리에 초급 던전까지 위치해 있었다.

물론, 그 덕분에 호수 인근의 유원지는 완전히 망해버릴 수밖에 없었지만 경묵 일행에게 있어서만큼은 최고의 영업장소인 셈이었다. 국내에서 무려 3곳의 던전이 인접해있는 곳은 산정호수가 유일했다.

서은이 간략하게 설명을 이어나갈 무렵, 옆 자리에 앉은 여자들이 수근 대는 소리가 들려왔다.

"야, 저사람 봐."

"와, 모델 인가봐."

옆 자리 사람들뿐만 아니라, 카페 안의 많은 사람들이 입구에 선 남자를 바라보고 있었다.

정혁이 무슨 일인가 싶은 마음에 카페 입구를 바라보았을 때, 카페 입구에 선 경묵이 눈에 들어왔다. 주변을 두리번거리는 것이 아마도 두 사람을 찾는 듯 보였다. 그런데 무언가 이상했다.

분명 경묵이 맞기는 한데 하루아침에 분위기가 달라져

있었다. 분명 많이 변한 것 같기는 한데 경묵이라는 것을 알아볼 수는 있었다. 아니, 딱 알아볼 수만 있었다. 남자다워진 몸이며, 날렵해진 턱 선이며, 높아진 콧대에 더 커진 것 같은 키까지.

어안이 벙벙해진 정혁이 경묵을 향해 손을 흔들어보이자, 서은도 뒤를 돌아 다가오는 경묵을 바라보았다.

놀란 것은 서은 역시 마찬가지였다.

'경묵씨가 원래 이렇게 잘생겼었나……?'

경묵이 원래 못생긴 얼굴은 아니었다지만 그렇다고 해서 주변의 이목을 끌 만큼 잘생긴 얼굴은 아니었다. 그러나 지금, 정혁과 서은을 향해 다가오는 경묵에게 카페 안 모든 사람들의 시선이 집중되어 있었다.

경묵은 자신에게 쏟아지고 있는 사람들의 시선에는 전혀 아랑곳하지 않고 성큼성큼 걸음을 옮겨 다가오기 시작했다. 그리고는 어안이 벙벙해진 채 경묵을 올려다보고만 있는 서은과 정혁에게 반갑게 손을 흔들어 보이며 말했다.

"기다렸죠? 미안해요. 차가 조금 막혀서."

"경묵아, 어떻게 된 거야?"

먼저 물은 것은 정혁이었다. 서은 역시 대답이 몹시 궁금하다는 듯 의자를 당겨 테이블에 바짝 붙어 앉았다. 경묵은 한 번 어깨를 들썩여보이곤 되물었다.

"네? 뭐가 어떻게 되요?"

괜히 물은 것이 아니라 정말 정혁이 던진 질문의 의도를 파악하지 못해서였다. 스스로 보았을 때는 그렇게 엄청난 변화라고 생각을 하지 못하고 있었기 때문이었다. 지속효과스킬인 [우아한 움직임] 덕분에 분명 외모가 배가되어 보이는 효과가 있던 것이다.

정혁은 두서없었던 자신의 질문을 금세 머릿속으로 한 번 가다듬고는 다시 한 번 물었다.

"대체 하루아침에 무슨 일이 있었던 거야……? 보니까 키도 큰 것 같고, 생김새도 변한 것 같고, 대체 어젯밤에 무슨 일이 있었던 거야……? 더군다나 조금 행동거지가 바뀌었다고 해야 하나? 묘하게 귀품이 있어 보인다니까? 완전 다른 사람 같다는 생각이 들 정도인데 또 희한하게 딱 알아볼 수는 있으니……."

그제야 정혁이 건넨 질문의 의도를 이해한 경묵은 손뼉을 한 번 치고는, 호탕하게 한 번 웃어보이고는 대답했다.

"강화했어요."

"강화?"

어안이 벙벙해진 정혁이 커피 잔을 손에 쥔 채 미간에 주름을 잡아 보이자, 서은이 경묵을 바라보며 의아하다는 듯 물었다.

"대체 뭘, 어떻게 강화하신 거예요……? 뭘 어떻게 강화하셨기에……."

경묵은 서은의 눈을 빤히 쳐다보며 밝은 미소를 지어보이고는 답했다.

"다른 걸 강화한 게 아니라, 저를 강화했어요."

"경묵씨를 강화했다고요?"

정혁은 대화를 주고받는 서은과 경묵을 번갈아보며 이해하려 힘썼다. 조금씩이야 이해할 수 있었지만, 그의 입장에서 각성자들의 대화는 의문투성이였다. 물론, 방금 경묵이 한 말은 서은 역시 이해하고 있지 못했다.

"전에 서은씨가 저한테 선물해주신 스킬 북 기억나시죠?"

서은은 천천히 기억을 더듬어보았다. 제법 비싼 가격의 스킬 북이었던 것은 기억이 나는데, 정확한 효과와 이름이 잘 기억이 나지 않았다. 상점을 둘러보다가 경묵에게 주면 좋을 것 같다는 생각이 들어서 갑작스레 선물했던 스킬 북.

그 때, 서은이 갑작스레 두 눈을 부릅떴다.

기억이 난 것이다. 일전에 자신이 경묵에게 선물했던 스킬 북의 이름은 [뭐든지 강화]였다.

서은은 그제야 양 손뼉을 한 번 세게 부딪혀 보이고는 경묵에게 물었다.

"경묵씨, 설마……?"

경묵은 넌지시 웃음을 지어보이며 고개를 끄덕였다.

"맞아요, 서은 씨가 예상하는 거."

경묵이 아무렇지 않게 대답했음에도 불구하고 서은은 경악을 금치 못했다.

"맙소사……. 그게 가능하단 말이에요……?"

"저도 예상도 못하고 있었는데, 해보니까 되더라고요."

경묵 역시 혹시나 하는 심정으로 시도하지 않았던가? 물론 과정이 험난하긴 하였으나 보상은 달콤했다. 모든 능력치 상승을 비롯하여 새로이 얻게 된 칭호와 히든 스킬, 외모의 변화와 감각의 발달. 아직 베일에 싸여있긴 하지만 이름에서부터 무언가 특별함이 느껴지는 '불의 힘'까지.

사실 경묵에게 찾아온 변화들이 너무도 컸기에 단순히 외형적인 변화만 보고 놀라기에는 일러도 한참이 이르다고 할 수 있었다.

"서은 씨, 혹시 불의 힘이라고 아세요?"

"불의 힘이요?"

경묵이 대답대신 고개를 끄덕이자 서은이 조심스레 입을 뗐다.

"음, 사실 정확히 어떤 효과를 내는 힘인지는 잘 모르겠어요. 그런데 상점에서 판매중인 몇몇 스킬 북들의 습득 조건이 '원소의 힘'으로 되어있는걸 본적이 있어요."

"음…… 그렇군요."

"불의 힘, 바람의 힘, 물의 힘 등등 각 원소와 관련된 심화스킬들은 해당 원소의 힘을 얻어야만 습득이 가능한 모양이에요."

경묵이 이해가 간다는 듯 고개를 끄덕이자 서은이 의아하다는 듯 되물었다.

"불의 힘은 왜요?"

"실은, 어제 강화하다가 우연히 얻게 되었거든요."

"불의 힘을 얻었다고요?"

경묵은 서은과 정혁에게 강화를 겪음으로 인하여 자신에게 찾아온 변화에 대해서 상세히 설명해주었다.

단순한 능력치의 증가 뿐 아니라 히든 스킬인 [우아한 움직임]. 새로이 얻게 된 칭호와 일반적인 상식을 벗어날 정도로 발달해버린 감각과 불의 힘까지.

설명을 마친 경묵은 정혁이 마시던 커피를 한 모금 들이켰다.

서은은 생각을 정리하는 듯 경묵이 설명을 하는 도중에도 고개만 끄덕여 보일뿐 별다른 대답을 하지 않았고, 정혁은 다른 부분보다 경묵의 발달한 미각을 상당히 부러워하는 눈치였다.

경묵이 말을 마치자 정혁이 장난스러운 어투로 물었다.

"진짜 한 번 먹어보면 다 알 수 있단 말이야?"

경묵은 살짝 고민하다가 말을 이어나갔다.

"음, 무조건 옳지는 않겠지만 적어도 9할 정도는 정확하게 유추해낼 수 있는 것 같아요."

정혁이 손뼉을 세게 부딪혀보이고는 경묵에게 손가락질을 하며 말했다. 그 목소리에 설렘이 가득 담겨있었다.

"야! 경묵아! 그럼 개업하기 전에 하기로 한 전국 투어 때 말이야, 우리 음식을 파는 것도 파는 거지만 우리도 전국에 유명한 맛 집은 한 번 다 가보는 거 어떨 거 같아?"

정혁과 경묵은 요리 이야기를 할 때면 아이처럼 순수해지곤 했다.

서은은 그런 두 사람을 바라보며 흐뭇한 미소를 지어보이고 있었다.

경묵 역시 정혁의 의견에 동조하듯 고개를 끄덕이고는 격양된 목소리로 답했다.

"좋아요! 언제가 될지는 모르겠지만. 꼭 한 번 유명한 맛 집들의 비결을 파헤쳐보도록 하죠!"

사담을 마친 세 사람은 우선 이번 주말에 진행될 버프 요리 판매에 대한 회의를 진행했다.

그러나 그 와중에도 경묵의 머릿속에는 불의 힘에 대한 생각만 한 가득이었다. 경묵은 많고 많은 원소들 중에서 불의 힘을 얻었다는 사실이 조금은 신기하게 와 닿았다.

그도 그럴 것이 중화요리의 맛을 좌우하는 것 중 하나

가 불 맛이라고 하지 않는가?

늘 불 앞에 서서 구슬땀을 흘려왔기 때문에 불의 힘이
자신을 찾아온 것일까?

물론 지금 당장은 아무런 효과도 능력도 알지 못하는
상태였지만, 자신이 손에 거머쥐게 된 '불의 힘'에 대해
서 만족하고 있었다. 굉장히.

＊

버프요리 판매에 대해서는 경묵이 따로 신경 써야 할
바가 없을 정도였다. 서은이 워낙 꼼꼼하게 조사하고, 준
비를 해둔 덕분이었다. 결국 이번 주말 경기도 포천 산정
호수에서의 버프요리 판매가 확정되었다. 이야기를 끝내
고 카페를 나서기 직전, 정혁이 화장실에 들렀다 나오겠
다며 자리를 비웠을 때였다.

경묵이 앞서 걷는 서은을 불러 세웠다.

"서은씨."

"네?"

경묵은 멋쩍은 듯 웃음을 지어보이며 서은에게 물었
다.

"혹시, 이번 일요일에 장사 잘 끝나면 영화나 보러갈까
요?"

경묵의 건넨 의외의 말 때문인지, 서은의 뺨이 금세 붉어지기 시작하고 있었다. 경묵 역시 괜스레 낯이 간지러웠다.

"그래요, 잘 끝나면."

말을 마친 서은이 눈에 띄게 붉어진 얼굴로 미소를 살짝 지어보이고는 먼저 카페 밖으로 나섰다.

경묵 역시 웃음을 숨기지 못하는 얼굴로 서은의 뒤를 따라 나섰다.

〈3권에서 계속〉